U0059715

妙台灣

妙の台湾

二つの故郷を観察する

一青妙—著

張雅婷—譯

作者序 006

第一章 台灣現在
その一 台湾のいま

第二章 我的記憶
その二 私の思い出

第三章　我的顏家
その三　私の一族

第四章　訪問台灣
その四　ただいま、台湾

作者序

對我來說，寫散文這件事是深深地將自己已經遺忘的記憶再度挖掘出來、可稱之為「再發現」的作業。

台灣人父親與日本人母親皆早逝，與他們有關的回憶都是過去的事。無法編織出任何新故事，因而過去發生的事確實有其獨特的份量與質感，在我的記憶深處沉睡著。

在持續演員與牙醫工作時，幾乎未曾想起與家族有關的記憶。但，自從約五年前開始書寫散文，我便開始直視著那些記憶。

數千個日子過去，打開被稱為「記憶」的潘朵拉之盒，對雙親的思念猶如火山熔岩噴發，不斷傾洩而出。

和父親一起登山後呼吸的空氣氣息，和母親吵架時所流的淚水滋味，妹妹搬出去後開始一人獨居那日所望的滿月之景。

這些情景奇妙地仍鮮活地到處殘留在「我」之中，我從寫作中得知記憶是種即便看似忘記，但並未真的遺忘之物。

迄今，我有機會獲邀在不同地方書寫，定下主題後，在決定好字數多寡的原稿用紙上自由發揮。如今，重讀一次自己所寫的文章，其中大部分還是藉由書寫重新認識我的家族。

家族對我來說，是無法避免去思考的事情。

「因為沒有雙親，是很特別的家庭。」我並不想被其他人如此看待，因而或許漸漸形成倔強的個性；無論是否有家庭，我的堅強或許都不會因此而有所改變。

將家裡的事以語言形式向誰訴說，即便到現在，對我來說也是有點羞恥而稍具抵抗感的。但是，卻能把家裡的故事率直地寫成文章，真是不可思議。文字與聲音不同，感覺把自己也變成一個客觀的對象描述著。再者，描述家族這件事，也正是我努力地透過這件事來自我理解吧。

此次，非常高興經由前衛出版社的邀請，將至今於日本書寫的散文集結成冊出版；在台灣出版界中，這間出版社對我而言，是相當特別的存在。

在尋根的過程中，追著已逝台灣人父親的身影，查找資料的時候，讀了不知多少本前衛出版社的書籍；已絕版的書，也拚命在網路上搜索著。即便如今，對於台灣近代史的理解，也多半來自前衛出版社的書籍，這些對我來說是如同教科書一般的存在。

非常感謝前衛出版社的林文欽社長、林君亭副社長等出版社人員，決定將本書在台出版。非常感謝本書責編楊佩穎小姐，總是仔細地回答我的問題。非常感謝內容力的鄧靜葳小姐，總是迅速確實地為我居中聯繫。非常感謝目前同時兼顧譯者工作並照料雙胞胎稚子的張雅婷小姐，辛苦妳了。也非常感謝謝佳穎小姐，設計出如此別出心裁的亮眼封面。

台灣與日本的關係最近越來越親近，誠摯希望兩地的關係並非如翹翹板般地隨時局而上下擺動，而是像旋轉木馬般安定地在原地持續運轉。

自己的書能加入非常喜歡的出版社陣容之中，是一件值得細細品嘗的幸福之事。此後，來往於台灣與日本之間時，我想我還是會繼續寫著台灣與日本的事情、家族的事情、我自己的事情。

將本書拿在手上的各位，祝福各位闔家幸福美滿。同時，如果透過本書能使各位注意到家人有多重要，我將無比歡欣。

二〇一九年（令和元年）九月吉日寫於東京

一青妙

第一章　その一

台灣現在

台湾のいま

感謝奇妙的名字

老實說，我一直不太喜歡自己的名字。

「Tae」（たえ）的發音聽起來有點俗氣，不是現代流行的名字。若被問到怎麼寫時，通常會半開玩笑地回答：「奇妙的妙」、「女字旁再一個少」、「南無妙法蓮華經的妙」等，想不出來該怎麼優雅地介紹自己。

為什麼不幫我取個可愛又甜美的名字呢？還曾因此對父母有所怨懟。

在台灣人父親與日本人母親之間誕生的我，因為父親的工作，十一歲之前住在台北，也在當地上小學。回想班上同學的名字，女生叫惠芳、佳宜，男生則有昆炳、志行等，幾乎都是兩個字。當我上台自我介紹時，感覺大家都在等妙之後的那個字出現。在

台灣，只有一個字的名字相當罕見。

舉家搬回日本之後，我轉入東京的小學就讀，周圍女同學的名字很多都是「子」字結尾。亞紀子（Akiko）、智子（Tomoko）、貴子（Takako）……都是聽起來響亮悅耳的名字。而我的只有一個字——「妙」，而且「Tae」對應的漢字不是常見的「多惠」，再度讓大家感到稀奇。

「媽，從明天起我就改叫『多惠子』好了。」

我直接向母親提出要求，得到的回應是：「不要說些傻話。」完全不當一回事，這一幕我到現在還記得很清楚。

升上中學之後，有一次的國語作業是把自己名字的涵義寫成一篇作文。我問了母親，得知我的「妙」字是來自父親的主意。於是，我寫了一封信給在台灣工作的父親，詢問名字的由來，後來收到了三張寫得密密麻麻的信紙。

「妙」這個字，是出自中國老子《道德經》的第二十七章〈善行無轍迹〉裡面，從末句「是謂要妙」的「要妙」一詞取了「妙」這個字。

要妙，指的是老子說的精微深奧的事理，即無為自然的「道」。在第一章全文寫著：「道可道，非常道。名可名，非常名。無名天地之始。有名萬物之母。故常無欲以觀其妙。常有欲以觀其徼。此兩者。同出而異名。同謂之玄。玄之又玄、眾妙之門。」

父親是讀書人，以孔孟為首的古典文獻，或者是李白的詩集等，家裡的藏書相當豐富。對於當時還是中學生的我而言，父親寫的內容太過艱澀難懂，我的作文就只有引用後面的一句「希望妳能看透事物的本質」。

近年來，經常往返台灣和日本，對自己的名字也有新發現。店家招牌、企業、食物、商品名稱等，出現「妙」字的機率還真是頻繁。

例如，化妝品的「妙巴黎」、手工果醬品牌「妙家庭廚房」，還有在台灣家家戶戶愛用的老牌清潔用品「妙管家」等，走在街上也常會不經意遇到「妙」字。

之後，從一些人口中聽到「妙」這個漢字，有最高級、美好、伶俐的意思，也有像「妙語如珠」、「妙筆生花」、「妙手回春」、「妙不可言」等的成語，都給人很好的印象，所以被廣泛使用。

才疏學淺的我，原本不太喜歡自己的名字，現在反而很驕傲。

雖然不知道我是否如父親所願，成為可以看透事物本質的大人。但是，這陣子開始認真考慮創立「妙」的品牌，想要透過多方面嘗試，讓自己的人生更加美妙。

第二個爸爸

我有兩個爸爸。

一個是基隆顏家的長男——顏惠民。台灣人父親和日本人母親結婚後，生了我和妹妹；但是，他在我國中時就已過世。第二個爸爸，其實是在多年後才認識的，並不是因為母親再婚；在父親去世不久後，母親彷彿追隨著他的腳步般，也罹病離開人世。

我的新爸爸——楊桑，住在台南，在市內某個角落經營檳榔店。檳榔，是一種常綠喬木的果實，具有提神和恢復元氣效果，據說吃了會上癮，卻在勞工階層相當受到歡迎。

他的檳榔店店名是「馬路楊檳榔店」，認識他的人都稱呼他「馬路楊」，一開始我也是這麼稱呼，但是前一陣子開始，我改口稱他為「爸爸」。其實，在台灣對於沒有血

緣關係的人，或許稱呼「乾爸」比較妥當。然而，楊桑的實際年齡不過才大我五歲，這樣的年齡差說是情侶也不奇怪，稱他為爸爸似乎有點誇張。若是講實話，也許他本人會生氣，光以外表判斷，他有點駝背，頭髮稀疏，常被誤認為是六十歲出頭的歐吉桑。

這是因為他生了一場大病，他年輕時每天從早到晚賣檳榔維生，為了養活三個還在讀書的兒子拚命工作，一日只睡三小時。日復一日，經年累月身體終不堪負荷，罹患了重度糖尿病，甚至躺在醫院徘徊生死之間。半年以上持續臥病在床，這段期間幾乎無法進食，肚子卻像即將臨盆的孕婦般脹得厲害，一翻身就全身疼痛難耐；也因為咳嗽過於激烈，斷了好幾根肋骨，掉光牙齒。突然，這些痛苦的症狀一一消失，不藥而癒。病情原本連醫生也束手無策，就這樣從鬼門關走了一遭，楊桑奇蹟似地復原，可是外表卻也一下子蒼老了許多。

在台灣，認「乾親」的習俗是不可思議的家族關係，簡言之，就是沒有血緣關係的親人。這和法定的認養制度不一樣，也很難用日文說明，或許和西方的基督教傳統教派裡「教父教母」的概念比較相近。日語裡的「義理」，則是指結婚配偶那方的姻親，和台灣的「乾親」不同。基本上，雖然雙方沒有血緣的連結，但在約定俗成下形成親人般的關係時，通常就會加上「乾」字，例如有「乾爸」、「乾媽」、「乾女兒」、「乾兒子」等稱呼。因此，楊桑是我的「乾爸」，對楊桑來說，我就是他的「乾女兒」。

為什麼我會將他視為第二個爸爸呢？

去年（二〇一四）夏天，日本新潮社出版了《我的台南》日文版，裡面介紹台南的歷史、文化、風土人文、觀光等豐富內容，將吸引我或感興趣的東西，一五一十地忠實呈現給日本讀者。長久以來，日本國內一直沒有出現詳盡介紹台南旅遊的書籍，這本書的出版可說是第一本專門介紹台南的深度旅遊書。

因為寫這本書，我不斷地往返東京和台南兩地。從東京到台南有三個航線能選擇，可以降落在台北松山機場、桃園國際機場或高雄小港機場，之後再轉搭高鐵到台南站。我一抵達台南，通常就會直接前往檳榔店拜訪楊桑。每一次的停留我都會設定目標，要到哪裡才能見到誰，哪個地方有什麼有趣的，在規劃時多半都是楊桑在一旁提供意見。楊桑是土生土長的台南人，擁有豐富的人脈，加上他本身就很喜歡照顧人，交遊廣闊。

如果沒有遇見楊桑，也許我在台南的採訪可能連一半都無法達成吧。由此可見，我受到楊桑多大的關照啊！

我和楊桑的相遇，是由住在台南的攝影師蔡宗昇先生居中牽線。蔡先生除了攝影工作，副業是經營民宿，而楊桑的檳榔店就在民宿附近，兩人很早就相識。有一次，剛好我投宿在蔡先生的民宿，他介紹楊桑與我認識。我在台南幾乎都是騎著租來的機車移動，穿梭在大街小巷時非常方便，而每次我要回民宿時，一定會經過楊桑的檳榔店。坐在店門口的楊桑總會叫住我，天南地北閒聊；我也會分享當天發生的趣事，他也會告訴我很多台南人的想法。那一本《我的台南》，雖然作者是我的名字，實際上也是我和楊桑共同完成的一趟旅程。

《我的台南》在日本出版後，出乎意料地暢銷，今年（二〇一五）六月底也發行了中文版。在一連串的宣傳活動中，接受了很多媒體採訪，常常被問到關於楊桑的故事。雖然，在書裡提到了楊桑，可是並不像專訪般詳盡介紹，主要還是圍繞在我和他的互動。但是，大家對楊桑這號人物似乎充滿好奇，這是為什麼呢？我一開始很納悶，後來漸漸發現，或許是因為讀者透過我的文字，和我一樣被楊桑的人格深深吸引。

最近，有不少素昧平生的日本人專程拜訪楊桑的檳榔店，甚至形成「到檳榔店一遊」的奇特現象。聽楊桑說，自從我的書出版後，有很多日本人帶著書出現在他的店門口，而且絡繹不絕。楊桑是在認識我、為了聯絡方便，才開始使用臉書。他也經常在上面報告今天有誰來拜訪，每次甚至會註明是第幾組訪客，不知不覺人數一直攀升，現階段（二〇一五年八月）已經達到一百二十組，總人數合計超過二百人。

我在書裡介紹的其他店家，也會告訴我有日本遊客到訪，但是以人數上來說，楊桑似乎獲得壓倒性的「青睞」。老實說，這裡只是一間隨處可見，再稀鬆平常不過的檳榔店，日本人也不會為了體驗吃檳榔上門，因為聽說有九成的日本人無法接受吃檳榔時的苦澀。這些遠道而來的訪客，似乎純粹是為了見楊桑本人一面，不懂日文的楊桑和不懂中文的日本人，就這樣靠著比手畫腳的肢體語言和筆談溝通，跨越語言的隔閡。我認真思考，或許是因為楊桑散發的濃厚鄉土味。雖然，有人說台南像日本的京都，但是台南給我感覺比較接近大阪，整體氛圍帶了點鄉土氣息，而且充滿人情味。台南這座城市的底蘊，正好和楊桑的存在相契合，他是體現這般風土民情的最佳代表人物。

現在的台南，也面臨急遽的變化，古都府城彷彿被注入一股新氣象。從清朝遺留的歷史古蹟到新穎流行的咖啡店和餐廳，新舊並存，這是讓人佩服台南的地方。不是一味地破壞老舊的建築物，恣意地興建新的高樓大廈，而是善於活用舊有存在的事物，融入新元素後，讓傳統和現代的天衣無縫地接合，帶動了舊屋翻修（renovation）的風潮，就像是老調新唱的樂曲，別有一番風情。像楊桑這樣代表傳統台南的人物，利用臉書這樣現代化的網路，將資訊傳達出去，療癒了不少日本人的心靈。

這個夏天，我在台灣舉辦了兩場《我的台南》中文版的新書發表會，首場就在台南，擁有高人氣的台南市長賴清德也親自蒞臨，眾多與會者中，我一眼就認出「乾爸」。他之前還嚷嚷著：「我只有短褲和涼鞋而已，該穿什麼出席好呢？」當天，他的一身裝扮就是以最符合他本人特色的台南風格登場。甚至，幾乎不曾離開過台南的他，還特地到台北參加另一場發表會，他完全沒有事先通知，當我在幾乎擠滿觀眾的會場一隅，發現他的身影時，一陣感動突湧上心頭，淚水在眼眶打轉，他默默用行動支持著我。而且，我事後才知道，楊桑一口氣買了兩百本的中文版《我的台南》，放在檳榔店裡販賣。

原本，我和台南的關係就像是君子之交淡如水，淡淡的，但因為楊桑的存在而變得深刻，我的第二個爸爸，讓我將台南視為在台灣的第二個故鄉。最近，楊桑也開始學日文，第一句話就是「台南へようこそ。わたくしがマルヤンビンロウ店のマルヤンです。」（歡迎來到台南，我是馬路楊檳榔店的馬路楊。）當日本遊客來訪時，他就如此自我介紹。

二〇一五年十月底，從日本到台南的直航班機「大阪~台南」開通，到台南旅行也變得更加方便。對很多日本人來說，台南還是一個陌生的地方，希望透過我的書和這次的直航能讓更多日本人認識台南，甚至愛上台南。在台南市一隅，如果看到有間檳榔店賣著《我的台南》，那就是我的「乾爸」，別忘了打聲招呼。

8243 左營 19:30
1A 南下月台
8748 左營 20:00
19:28
1247 左營 19:54
1B 南下月台
回送 1493

台南西市場的榮光再現

日本推動「商店街活性化」的政策已有很長一段時間，利用行政單位的補助，撥出一些經費成立像「○○中心」的據點，想要挽回流向郊區大型商場的人潮，卻還是一片冷清。商店街，顧名思義就是商店聚集之處。即使周遭居民再怎麼努力支持，如果商店本身缺乏吸引客人的「磁力」，再怎麼活性化也不過是紙上談兵。

可是，我在台南親眼目睹原本沒落的商店街重現往日榮光，還成為熱鬧活絡的新興景點，或許這樣的成功案例可以給日本當借鏡。

台灣處處是美景，其中最吸引我的是又被稱為美食之都的台南。這座古都，說大不大說小不小，擁有豐沛的歷史文化，濃厚人情味更讓人印象深刻。只要去過一次，幾乎

所有人都會為其魅力傾倒，就像是被捲入黑洞般，一而再再而三地到訪這個不可思議的地方。

近年，日本的雜誌或旅遊書，大篇幅地介紹台南的機會明顯增加。甚至就在當下，包括我自己也深刻感受到這股台南旋風正在席捲日本。

在這樣的台南，有一處歷史最悠久的商店街——西市場。雖然一樣是市場，但是比起一般常見的魚肉或蔬菜等生鮮食品的傳統市場，這裡是以布料店、服飾店和小吃攤為主的商店街。

西市場位於台南市中心的中西區，是完成於一九〇五年日治時代的台南首座公有市場，也是當時南台灣規模最大的市場。市場定位是販售流行時髦的舶來品，也是老一輩台南人的共同記憶。但是，戰後因為下一代不願意繼承，還有趕不上潮流變化，逐漸變成「鐵門商店街」。雖然有些零星店家苦撐，幾乎成為附近居民聚會聊天的場所，失去了市場的活力。

不過，就在幾年前迎來轉機。有群在當地出生，長大後外出打拚的二、三十歲年輕人，抱著共同目標：「想要恢復童年和父母親逛街的那個西市場」，返鄉回到台南，不約而同選擇在西市場創業。

年輕人讓拉下鐵門歇業的店再度點起燈，賦予生機。專賣薏仁的甜點店「Chun純薏仁」、杏仁茶專賣店「杏本善」、台灣製造的安心食品店「誠鋪」、以及使用台南生產鳳梨的鳳梨汁專賣店「凰商號」、提供台南特產的牛肉湯「盛牛肉湯」等，這群創業的年輕人運用創意以及豐富的海外經驗，用心打造出別出心裁的店家。新店的討論度高，口耳相傳，現在一到週末，到處都是排隊人潮，不分男女老少，相當受歡迎。相乘效果之下，以剉冰聞名的「江水號」或意麵老店的「阿瑞意麵」、炸土魠魚的羹湯「鄭記土魠魚羹」等，也為這些有名老店帶來蓬勃生氣。光是在這裡隨意漫步繞個一圈，處處充滿驚喜，重現往日榮光。

「我是在這個市場把孩子養大的。」

有「毛飛嬤」稱號的老太太如此說，她已經超過八十歲，仍然在日用雜貨店顧店。她很開心看到這群和孫子同世代的年輕人進駐、開店，每天都有聊天對象。毛飛嬤是大時代的見證人，年輕人可以從她身上學到許多。集結著老中青三代的熱絡互動，讓西市場更加熱鬧繁榮。

這裡有很多都是最多可容納十個人就客滿的小店，但是麻雀雖小，五臟俱全，反而顯得溫馨，味道更是不在話下。透過和店主的互動，可以切身感受西市場的氣氛，直接接觸到台南的歷史和人的溫度。

商店街是人潮聚集之所，不單是擺放琳瑯滿目的商品。人，也是因為想看到人而到店裡，當用心經營的人本身形成一種磁力時，自然而然帶動人潮。西市場在商店街的活性化上，首先就是從人開始，我在這裡學到寶貴的一課。

感心的食物——米其林與台灣料理

二〇一八年三月，台灣的新聞報導，經常出現「米其林」這三個字，是使用發音近似英文「Michelin」的漢字。米其林是法國知名的輪胎製造商，由其出版的《米其林指南》要在台北評鑑出星級餐廳。

報導指出，以星星來表示餐廳評價的《米其林指南》台北版首次在台灣出版。眾所皆知，獲得米其林最高三顆星肯定的餐廳，常會成為世界各地美食愛好者趨之若鶩的熱門名店。在公布將收錄於指南裡的摘星餐廳前，有許多美食評論家或電視節目前往台北的知名餐廳採訪，各界紛紛預測心目中的入選名單。

台灣的美食有口皆碑，來自世界各地的外國遊客個個讚不絕口，連我自己也深有同

感。因為小時候在台灣成長，留在記憶中的味道不在少數。舉凡小籠包、牛肉麵、滷肉飯、担仔麵、豬腳等，光在腦海裡回想，肚子就咕嚕咕嚕叫了。即使之後返回日本定居，偶爾也會從台灣帶一些食材，在自家廚房重現懷念的台灣味道。

三月十四日，《米其林指南》台北版公布了摘星餐廳。究竟是什麼樣的台灣料理餐廳會雀屏中選呢，我懷著緊張又興奮的心情等待結果出爐。共有二十間餐廳獲得星級評價，但是多為廣東菜、日本料理、法國菜店家，台灣料理只有兩間。難道米其林評審員的味覺出了問題嗎？我不禁納悶，內心的失落感遲遲無法平復。

但是，冷靜想想，一般被豎起大拇指稱讚的台灣美食，幾乎都是在路邊攤或簡單店面吃到，也就是所謂的「小吃」，並非走精緻路線的料理。

米其林的評審標準裡，有一項是對「用餐體驗的一致性」評分。

台灣小吃店對客人的要求都很寬容，菜單上明明寫「青蔥炒米粉」，可是討厭吃蔥的人，也可以請老闆不加蔥，或調整辣度等，料理上很隨興。也就是說，每一盤端上桌的都是針對客人喜好而做，這也是象徵著台灣社會的柔軟性與親切。

因此，在「一致性」的層面上，確實很難做到。如果是日本料理或西洋料理，都是按照菜單上的餐點提供，少有例外，相對地容易拿到評分吧。

我以為台灣的朋友肯定對結果大失所望，出乎意料，大家似乎都不以為意。公布結果前，原本討論得沸沸揚揚，事後卻出奇平靜。給人的感覺是「米其林是米其林」或「台灣料理的好壞，就留給實際吃過的客人來判斷吧」。

我覺得品嘗台灣料理是一件很美好的事，可以感受到人的溫度，應該是要用不同於米其林基準的層次來評價。台灣人也很明白這一點吧。

雖然為台灣料理打抱不平，但是貪吃鬼的我，當然無法不對米其林餐廳動心。某一天，我會被目擊到一手拿著《米其林指南》，悄悄出現在台北街頭也說不一定。

超美味的台灣便當

自北陸新幹線全線開通後，往返東京和金澤的機會大幅增加。我最期待的，莫過於能遇見美味的「車站便當」（駅弁）。乘車時間約兩個半小時，所以會在列車上吃個東西墊墊肚子。通常是上車前，到東京車站裡的便當專賣店選購，這個看起來不錯，那個也好想吃，常常在店裡猶豫不決。

日本的車站便當種類多到讓人吃驚，除了眾所皆知的幕之內便當或三角飯糰，還有海鮮、肉類、洋食等多種口味；也販售像是仙台的烤牛舌、北海道的鮭魚或鮭魚卵、廣島的牡蠣等，來自日本各地的特色便當。機會難得，所以每次都想要嘗試新口味的便當，無奈的是想像與真實的味道有落差，總讓人期望落空。但是，每次打開便當蓋時，那種

怦然心動感還是很愉快的。

另一方面，從金澤返回東京時，笹壽司是我的不二選擇。我非常喜歡醋飯和壽司，用竹葉包裹著精緻美味的押壽司，真是令人垂涎三尺。

日本車站便當特色是看來賞心悅目，菜色也一點都不馬虎，可是我從以前就覺得美中不足的一點是，便當是冷的。

在我生長的台灣，車站販售的便當基本上全部都是熱的。台灣的便當文化是在日治時代從日本傳入後，根植於這塊土地。因此，樣式相同，差別在於日本的便當是冷的。還有，日本的便當將白飯和配菜分開擺放，但是台灣的便當配菜直接放在白飯上，也不太講究擺盤配色，比較像是蓋飯。對我而言，日本和台灣的便當文化，似是而非。

提到台灣的車站便當，最先想到的是「台鐵便當」。

顧名思義，「台鐵便當」是台灣鐵路局在每個大站販售的便當，不像日本的車站便當帶有濃厚的地方色彩，基本樣式是白飯上放一道主菜（較為常見的是滷排骨或滷雞腿）和幾樣配菜（一顆滷蛋、炒青菜、一塊豆乾和蘿蔔乾等）。台鐵便當原本使用不鏽鋼的圓形便當盒，但是回收率差，非常耗費成本，因此現在改用木片盒或紙盒包裝，也可以微波加熱。

我記得小學的便當也是如此，每天從家裡帶便當上學，到學校的第一件事情就是把便當放入蒸飯箱，到了中午用餐時間，再把便當拿回教室吃。

打開熱騰騰的台灣便當時，伴隨著蒸氣，辛香料的氣味撲鼻而來，比起舌尖，先是透過嗅覺享受台灣料理的味道。主菜和配菜都經過完整的調味，味道會滲透到下面的白飯，讓人胃口大開，總是一不小心超出平常的食量。當然，可以享受到兼顧視覺和味覺的日本便當也不錯，但是我更喜愛的是品嘗得到家庭味的台灣便當。

即使是日本，最近也開始流行吃熱便當。比起冷掉的飯菜，我還是比較習慣有溫度的便當。如果有朝一日在日本的新幹線能看到台式便當出現，那時我一定衝第一個買。

成為話題人物的我

正當我在日本的家中，一邊看電視一邊吃晚餐時，陸續收到台灣親友的電子郵件、臉書訊息通知。

「嘿，我在電視上看到關於妳的報導呦。」「很厲害耶，電視裡介紹了很多關於妳和顏家的事。」「還出現了妳與家人的照片，真是懷念。」

大家似乎都很興奮，但我卻完全沒印象。查了一下，原來是台灣的某電視台製作了以「一青妙揭家族謎團」為標題的特別節目，分成兩週播出。我並未接受相關採訪，也沒收到任何通知。應該說，我的家族本就沒有任何謎團可窺探的啊。於是，我看了已經上傳到 YouTube 的節目。

起因是我在二〇一二年出版的《我的箱子》一書。隔年，這本書的中文譯本也在台灣出版。

父親的家族在九份經營礦業，全盛期甚至開採出東洋第一的金礦產量，盛極一時。在台灣，顏家又被稱為五大家族之一，現今仍然廣為人知。當我自我介紹說姓「顏」，經常被很多台灣人問到「是那個顏家嗎？」

《我的箱子》描寫身為顏家長男的父親、我在台灣度過的童年生活、還有嫁入名門望族努力適應異鄉生活的日本人母親，以及我所知道的顏家內幕等。

所謂的內幕是這樣子的，身為長男的父親早逝，就由叔叔接掌顏家事業，長久以來作為統帥在公司呼風喚雨。但是，幾年前因公司的經營不透明而被究責，由其他董事發起「政變」。實際上，董事之一的我也支持政變派，於是叔叔被迫辭去董座一職。這部分的來龍去脈，我在書裡用了整整一章清楚說明，透過文字重現連續劇般的劇情。

結果，雖然不至於像山崎豐子的小說《華麗一族》般勾心鬥角，但是顏家的「御家騷動」（家族政變）正好成為台灣媒體的獵物。在節目裡，詳細地分析書的內容，還邀請了幾位「名嘴」一同討論，個個好像跟我很熟的樣子，恣意推敲我的心情，說得天花亂墜。

在那之前，我曾接受台灣最暢銷的週刊雜誌採訪，當時只是簡單談到過世的父親和現在的顏家等，刊登出來卻變成篇幅多達六頁的特別報導，而且用我的照片作為當期封面。其他還參與了類似朝日電視台《徹子的部屋》台灣版的談話性節目，以及紀錄片節目等的演出。

我在這塊相當於九州大小的台灣土地上，頻繁地出現在一些平面媒體或電視節目，持續了約三個月，瞬間變成了小有名氣的「話題人物」。

說不定在台灣的機場會遇到狗仔？我可能沒辦法頂著素顏到處旅行了吧，或許我需要隨身戴著墨鏡，以防被認出來。該不會連在餐廳吃個飯，也被一群人包圍著索取簽名……一邊看著節目，一個人在腦海裡不斷地想像各種情境，不禁暗自竊笑。結果，「如果真的發生了，再來擔心也不遲。」被家人潑了個大冷水，一下子把我的思緒拉回現實。之後，實際到台灣時，不消說，當然什麼事情也沒發生。

農曆「端午節」的樂趣

如果被問到一年裡最喜歡的月份，應該非五月莫屬。伴隨黃金週假期的結束，令我困擾的花粉症也告一段落，終於能好好地呼吸。而且這個季節也是萬物復甦，百花齊放的季節。餐桌上飄來令人熟悉的味道，是蒸籠裡散發的粽香。

在台灣，與農曆年和中秋節並列為重要節慶之一的「端午節」又到了，日本則是稱為「端午的節句」。農曆五月五日是台灣的端午節，二〇一七年剛好有四天連假，很多地方會舉辦龍舟賽，還有和家人朋友相聚，一邊話家常，一邊包粽子。

小時我住在台灣，每逢端午節，母親一定會在家裡包粽子。從數日前開始，就忙著採買孟宗竹的竹葉、棉繩、蝦米、栗子、五花肉等食材，之後還要洗淨竹葉、浸糯米、炒餡料等，做足事前準備。

當天，會邀請親友到家裡，一群婆婆媽媽圍著桌子一起包粽子，熱鬧不已。包好的粽子放進大蒸籠，伴隨著不斷冒出的水蒸氣，飄來陣陣的竹葉香與台灣料理經常用到的五香粉或八角的獨特香氣，肚子開始咕嚕咕嚕叫。

打開竹葉吃剛出爐的粽子，熱呼呼的，特別美味。一面吃著外層的糯米，一面期待下一口會吃到什麼樣的餡料，感覺就像尋寶，其實還滿有趣的。

實際上，根據台灣的不同地區和民族，粽子的種類千變萬化。

首先，台灣的南北在做法上就有很大差異，北部的粽子被稱為「北部粽」，泡好的糯米和部分餡料會先混合調味料放入鍋裡拌炒，味道均勻滲透後，和剩下的餡料結合，再用粽葉包裹後蒸來吃。

南部的粽子被稱為「南部粽」，就用生糯米和炒好的餡料下去包，是整串粽子連著粽葉下水煮熟，又稱為「水煮粽」。因為透過水煮，可以去掉多餘油脂，一般認為南部粽吃起來比較清爽。

其他還有客家人做的「客家粿粽」，使用糯米和白米磨成粉狀後，加水揉捏成糰；放入沸水中煮到浮起，和剩餘糯米粉揉勻，再分成幾小塊包裹餡料後，外面再用月桃葉包起來，放入蒸籠蒸熟，就大功告成。月桃葉的清新香氣十分誘人。

像是排灣族或魯凱族的原住民也是使用月桃葉來包粽子，又稱為「吉拿富」（cinavu），只是包裹的不是糯米，而是小米或芋頭粉。先把小米和豬肉等內餡以可食用的「假酸漿葉」（lavilu）包起來後，最外層是用月桃葉包裹成長條狀，再用繩子綁緊，氽燙煮熟後即可食用。

在台灣，也有單純使用糯米和灰水（用草木灰提煉而成；或稱鹼水），或是食用鹼粉攪拌後用粽葉包成的「鹼粽」。在冰涼的狀態，沾上砂糖等食用，就像是點心。在日本，也有使用孟宗竹的筍皮包裹成的「灰汁卷」（あくまき，灰汁指的是食用鹼液），作為端午節的季節性和菓子，主要是在南九州地方的人們在食用。

粽子和石川縣，實際上有著不可思議的緣分。中能登町的杉谷チャノバタケ遺跡，

因為一九八七年挖掘出「最古老的飯糰」化石而出名。在學術上，稱為「粽狀碳化米塊」，也就是蒸熟的糯米飯碳化成圓錐般的米塊，現在收藏於石川縣埋藏文化財中心。一想到現代「粽子」的原型或許兩千年前就存在於石川，心中湧起一股難以言喻的浪漫情懷無限擴大。

正因為是多元文化共存的台灣，得以發展出如此豐富多樣的飲食文化，在蕞爾島國裡，可以享受到各種粽子。

不過是個粽子，卻也是不簡單的粽子。今年是吃台灣友人給的粽子，明年打算自己動手做、重現母親的味道。

破舊不堪的劇本

工作暫時告一段落後，我手上的劇本通常會變得破舊不堪。用各種顏色的螢光筆劃線，還用鉛筆和原子筆在空白處註記，甚至偶爾會不小心把重要台詞蓋住。容易忘記的台詞，說起來有點卡的台詞，被導演責罵的地方，自己的角色難以掌握之處，偶爾也會抒發心情，寫上對同劇演員或導演的抱怨和不滿。即使是芝麻小事，也都會寫在劇本上。

其實，我不是一開始就這樣的。二〇〇九年，我在電視的午間劇場有個角色，飾演心腸惡毒的姐姐，要無所不用其極地使壞，被分配到滿多台詞的。在排練時，大部分的同劇演員都已背好台詞，但我還沒記牢就硬著頭皮上場，在拍攝現場沉著臉直盯劇本。

那時，有位資深女演員走來，給我一記當頭棒喝。

「那麼乾淨的劇本，不管妳怎麼看都是沒用的。劇本不是用來裝飾的，把必要的東西記下，整本弄得破破爛爛也沒關係。」

這番話猶如醍醐灌頂點醒了我，我知道有人會在劇本上做筆記，但是我總覺得不太體面，認為劇本應該潔白如新，才會給人專業感。可是，自己一旦開始做筆記，台詞也神奇地自動進入腦袋，導演的指導也能好好消化。

仔細想想，對於本來非常健忘的我而言，在劇本上做筆記是記住台詞的不二法門。

今年六月，我的第二本著作《日本媽媽的臺菜物語》出版。這是我一面回想過世的母親為家人親自下廚做的多道台灣料理，還有母女間圍繞著料理的對話和情景，一面寫下的散文集。

母親是日本人，嫁給台灣人父親。她並不是一開始就會做台灣料理，而是在舉家搬到台灣生活後，為了迎合父親的口味拚命學習。母親走後第二十年，偶然從待翻修的家裡，發現母親親筆寫的食譜，上面密密麻麻記載著台灣料理的作法。

在女兒的眼中，母親的個性有點丟三落四，容易忘東忘西。她會把生活中大小事記在電話簿或桌上型日曆裡。與食譜一起「出土」的，還有大量的筆記本和便條紙。感覺像是急忙從電視上抄來的電話號碼或地址、旅遊行程、排在一起的謎樣數字、銀行的密碼等，一大堆不可思議的東西。當我看著母親留下來的字跡時，腦海中突然閃過母親的心情，這些也成了我的珍貴收藏。

我的健忘，原來是遺傳自母親。

考卷上忘了寫名字，把作業忘在家裡就去學校，想不起來自己放東西的位置，發生過的糗事不勝枚舉。

因此，作筆記自然而然地變成日常習慣。例如，出門購物時會先寫好清單；與不太熟的人見面時，會把對方的名字寫在手上，以免忘記會很尷尬；隔天的集合地點會先寫起來，然後放在床頭。便條紙、筆記本、收據背面等，我的字跡幾乎無所不在。之前，甚至把重要的事情寫在面紙上，過沒多久，自己也忘了這回事，把那張面紙當作是垃圾丟掉。知道自己的健忘，所以要防患於未然。我連信用卡或銀行提款卡的密碼都直接寫在卡片後。

對我而言，「作筆記」也等同於守護自身安全。最誇張的就是錢包了。有好幾次錢包不見不是因為被偷，都是自己忘了放在哪裡。要結帳時，把手伸進包裡，卻摸也摸不到，有種不好的預感：「該不會又掉在哪裡了吧？」天好像要塌下來，整張臉瞬間失去血色。要掛失信用卡、裡面還剩下多少錢、會員卡的累積點數要報銷了等等，不斷在腦海裡打轉，真是一場惡夢。

有一次，我靈光一閃，把寫好地址、姓名、電話號碼的紙條放入錢包，上面還加了懇求的字句：「因為掉了好幾次錢包，如果您撿到了，煩請跟我聯絡。」過了一陣子，果然錢包又不小心被我弄丟，拾獲者還真的打電話來，失而復得的喜悅難以形容。

根據某位心理學家的實驗，人類的記憶在一小時後就會忘掉一半以上，一天後，則會忘記七成以上。普通人若是這個數字，本來就容易忘東忘西的我，無法一次記住全部的台詞是理所當然的吧。

今年八月剛演完了一齣舞台劇，手上的劇本幾乎是快分辨不出來哪些是台詞，哪些是筆記了，每一頁都很「精彩」。當真正要上台演出時，反而會因為破舊不堪的劇本而安心。雖然不至於滾瓜爛熟，但是也差不了多少。

換句話說，或許這就是「燈下黑」，原本自己就有作筆記的習慣，應該要早一點運用到演員的工作，說不定現在就已成為代表日本的知名女演員。千金難買早知道，我有點懊悔。

與碰不著面友人的「對話」

家中有兩個五公斤裝水果禮盒大小的紙箱。

紙箱內放著黑色抽屜式的盒子，收藏著家人或親友寄來的明信片，就像圖書館的藏書索引卡，整齊地放成一疊，這些也是我的人生和人際關係的縮影。

去委內瑞拉留學朋友寄來的明信片，熱情奔放的內容正如拉丁美洲的風情。從韓國寄來的明信片圖案，是說著韓語的聖誕老公公。在德國旅行的友人和我分享慕尼黑啤酒的美味。還有，綠意盎然的京都鴨川、福岡門司港的夕陽……

即使電視上的旅行節目越來越多，很多旅遊書也都有詳盡介紹，可是明信片裡寫的此情此景皆獨一無二，是在當地才能感受到的景色和感動。

我的個性對物品不太執著，丟東西時意外乾脆。但是，不知從何時開始，我變得捨不得丟掉那些寄來的明信片，全都收藏起來。而且，收到明信片，就一定會回信給對方，因此說不定在眾人印象裡，認為我是個喜歡寫信的人。

父親是台灣人，自他接掌家族企業後，因為工作關係，經常與家人分隔台日兩地生活。當時還沒有Skype或行動電話，所以家人之間的聯繫主要是靠著信件或明信片。

小時寫信給父親，內容就像是寫日記，一一記下當天發生的事，從台灣寄到日本，或是從日本寄到台灣，寫得很勤。小學時，和同學玩交換日記；上國中後，在課堂上和同學傳紙條；高中時，第一次寫情書給暗戀對象；大學時，流行自己動手畫明信片「繪手紙」（在空白明信片上用毛筆和水彩作畫，並寫上簡短字句）等等，回想起來，我似乎常常會寫個什麼給某個人。

長大後，以牙醫師、演員為業，不管哪行都是很注重人際關係的重要工作，雖然自己說出來有點奇怪，可是我真的不善交際。加上內向害羞的個性，又想故作瀟灑，其實不擅長表達自己。有時候，對話就這樣草草結束，連告別時的「希望下次再見」，都猶豫著要不要說出口。

像是出席舞台劇或電視劇的慶功宴，也讓我很困擾；也有包括工作人員、演員在內，將近一百人的聚會。一對一的互動就令人手足無措，何況是在大庭廣眾之下，要落落大方地逐一向導演或製作人打招呼，對我而言，就像是勉強有懼高症的人去挑戰高空彈跳，非常痛苦。也許這就是所謂的社交恐懼症。

明明碰面，卻無法傳達內心的感受，該如何讓對方知道呢？最後得到的結論是，既然不擅言辭，那就用寫的吧。具體來講，就是「寫明信片」。

因為書寫空間有限，不需要想太多要寫什麼。選一張風景宜人或有設計感的明信片，光是這樣，就能代替說不出口的千言萬語。

有一次，我到北海道旅行時，寄了張明信片給平常有在聯絡的長輩。結果，再次遇到時，他說很懷念年輕時去北海道玩的點點滴滴，出乎意料，兩個人就這樣子聊開。

我在日本畫家平山郁夫（一九三〇～二〇〇九）的展覽上買了張明信片，寄給喜愛美術的朋友，他非常開心。還有，當朋友收到我從台灣寄出畫著芒果的明信片時，他興奮地說剛好計畫要到台灣旅遊，請我提供一些建議等。

原本還煩惱著要說些什麼，但是透過明信片和對方拉近距離，彼此產生共通話題。明信片的魔法找到突破口，世界也跟著改變。我發現自己不再為了找共通話題而庸人自擾。就連「我看到美麗的夕陽」也說不出口的話，換成文字，卻可以很直率地寫下，真是不可思議。

最近收到的明信片，幾乎都是在台灣的舞台劇一起演出而認識的台灣朋友寄來的。在畫有台灣原住民圖騰的明信片上，用圓潤可愛的字體寫著「很高興認識你！」。

旅行或出差時，看到喜歡的明信片總是忍不住就買了，不知不覺也累積了一疊。要選哪張來回信呢？我一邊想像著與無法見面的人的「對話」，心情也跟著愉悅起來。

台灣關懷產後婦女的「坐月子」

最近，台灣的「坐月子」文化在日本稍微引起話題。坐月子，指的是產後護理。起因是，長年以來對日本桌球界有莫大貢獻的國民偶像——福原愛，在部落格上分享了坐月子的經驗談。

福原與台灣的桌球好手江宏傑結婚，並且選擇在台灣生產。她一生完，就入住豪華的月子中心，大約一個月期間，每餐都提供營養均衡的飲食。還有專門照顧嬰兒的護理師，教導如何照顧新生兒等細節，親自體驗到無微不至的服務，吸引讀者的關注。

日文裡有句話是「產後の肥立ち」，意思是女性在產後要好好調整身體，讓母體恢復到懷孕前的身體狀態。在坐月子期間，不要勉強自己，保持充足睡眠，攝取營養均衡

的飲食等，這些有助於產後身體恢復的方法，不管哪一個國家好像都一樣。

只是，坐月子的習俗在台灣社會依然根深蒂固。自古以來，有關產後的各種禁忌代代相傳，通常長輩會耳提面命叮嚀，甚至有句閩南語的俗諺是：「月內沒做好，呷老就艱苦」。

過去，日本和台灣的傳統社會都是大家庭一同居住，祖父母、公婆或雙親、親戚會幫忙照顧嬰幼兒，女性在生產完後也能安心休養的環境。隨著時代改變，核心家庭是現代家庭型態的主流，而且雙薪家庭稀鬆平常，由專業人員協助產後護理的「月子中心」非常受歡迎。

坐月子，不限於可入住的月子中心，還有送餐到府的「月子餐宅配服務」，甚至出現派遣到家裡煮月子餐和幫忙照顧嬰兒的照護人員，一般被稱為「月嫂」。

只是，在日本人看來，難免覺得似乎有一點過度保護。

「雖然不是說完全不能接受，可是我真的受不了！」我的一位日本友人如此說道。她和福原愛一樣，與台灣男性結為連理，也在台灣定居和生產。

她沒有選擇去月子中心，而是在家坐月子，不只是整整一個月被禁足，就連洗澡或泡澡，還有吹冷氣，都以對產婦身體不好為由被禁止。因為婆婆的觀念較為傳統，她對這些禁令也只能照單全收。此外，在飲食上也都是吃一些滋養進補的食物，尤其是使用中藥材和大量生薑、麻油等調理而成的「麻油雞」，味道很重，幾乎每天固定出現。

雖然她一邊嚷著：「我再也不想看到麻油雞了！」可是，在那之後還是繼續增產報國，現在已經是三個小孩的母親。雖然已屆更年期，但仍身體健康有活力，她也覺得或許是因為有把月子做好的關係吧。

日本的國民性把堅忍不拔視為美德。因此，有許多新手媽媽即使才剛生產完，但不希望因為休息而被認為在偷懶，所以在家務或育兒上勉強自己。即使如此，在二〇〇八年日本也出現被稱為「產後護理之家」（「產後ケアセンター」）的機構，服務內容也與台灣的月子中心幾乎大同小異。現在是非常有人氣的機構，很難預約。我自己今年七月剛生完小孩的親妹妹也去參觀過，可是全部客滿，完全擠不進去。

關於產後護理方面，台灣似乎比日本進步一些。當然，其中有一些禁忌在科學上令人懷疑，也沒有必要一一仿效。坐月子的理念是「重視女性在生產完後要如何調養身體、恢復健康」，期盼在日本也能普及。

希望日本也有「颱風假」

我才慶幸今年（二〇一八）的梅雨季提早結束，但是在七夕（日本在明治維新後改採國曆）前夕鋒面滯留，以西日本為中心降下歷史性豪雨。警戒、特別警報、猛烈、最大級……，新聞不斷傳來這些令人聞之悚然的單字，日本各地因為連日大雨紛紛傳出嚴重災情。每當看到這樣的天然災害時，總感到人類的無能為力。同時，我想起台灣的「颱風假」。

正式名稱是「災防假」，依各縣市等地方政府首長的判斷，在行政上為了保護居民安全，免於受到颱風威脅，可自行決定公司和學校臨時休假的制度。台灣在一九九〇年制定災害危機管理制度，不僅限於颱風，也適用於防範地震、水災、風災等各種天然災

害。因為台灣容易受颱風侵襲，也最常因颱風而停止上班、上課，所以大家都稱為「颱風假」。這種假當然等同於公假。

只是，對各縣市首長而言，該不該放假還真是一大考驗。有時才剛宣布放假，颱風改變路徑，突然來個大晴天。相反地，宣布要正常上班上課，卻遇到狂風暴雨導致災情慘重，就會成為媒體和民眾的眾矢之的，背負政治責任。

要隨時關注氣象預報，一直煩惱到要宣布的最後一刻。如果宣布時間太晚，民眾又會罵聲連連，不管選哪一個，都存在著風險，相當惱人。

在颱風假的決策上，有位留下傳說的地方首長。賴清德二〇一二年八月擔任台南市長時，天秤颱風襲台，當其他縣市都口徑一致宣布停班、停課時，他推測颱風的影響程度應該不大，全台只有台南市不放假。實際上，當天風雨不如預期嚴重，所以在那之後，被民眾封為「賴神」，肯定他的正確判斷。但也有預測失準的時候，二〇一六年颱風來襲，甚至傳出淹水災情，可是他到最後才宣布下午放颱風假，引起市民強烈不滿。

「勤勉」是日本人的國民性格，經常被如此稱讚。不管是狂風暴雨，也要盡可能地照常上班、上學。但是，近年來，日本受到極端天氣影響，經常發生豪雨或強烈颱風等，也出現了一些意見，要求導入天然災害休假制度。若是觀察台灣的例子，雖然有好有壞，但是基本上我是贊成的。

人類無法準確預測到大自然的變化，對於事事講求嚴謹和精準的日本人來說，要果斷做出決定也許有點困難。即使如此，像是這次發生於西日本的豪雨災情，真的不適合外出，可能會危及到人身安全，這種人命關天的情況，應採取必要之因應措施。

去年到訪台灣時，在台北剛好遇到颱風假，雖然是平日，但是電影院場場客滿，百貨公司和餐廳也擠滿人潮的景象，讓人嚇了一跳。每當有颱風接近時，不管是大人小孩，都會在心裡偷偷祈禱：「希望可以放假！」之類的。

或許說法欠缺周詳的思慮，依照個人淺見，我覺得與其推動黃金星期五政策（Premium Friday：日本經濟產業省為了促進經濟，鼓勵公司在每個月的最後一個星期五，讓員工提早在午後三點下班），不如導入具有彈性的颱風假制度，經濟效果更大也說不一定。

掃墓和清明節

又到了八月的盂蘭盆節。雙親去世已久，先走一步的父親非常喜歡滑雪和爬山，因此母親選擇在靜岡縣富士山的山腳下為父親立墓。從我居住的東京到富士山的墓園，說近不近，說遠不遠，就像是一趟小旅行。年輕時，有一段時期會在心裡埋怨說：「幹嘛不選近一點的地方？掃墓也比較方便。」現在當作是一日遊，心情也輕鬆愉快許多。

為了避開連假期間的返鄉車潮，通常都會提前約一週前往富士山。當我開車行駛在東名高速公路的途中，想起今年春天與台灣友人的對話內容。

「我下週會去台灣，要不要一起吃個飯？」

「真不巧，我剛好要回鄉下『掃墓』。如果約下下週的話，可以嗎？」

我完全忘得一乾二淨，四月初會遇上清明連假。台灣人會在這時前往祖先的墳前祭祀。日本的掃墓是把墓碑擦洗乾淨後淋一瓢清水就完成；但是，在台灣要認真地花了好幾個小時除草和清掃墓埕。

清明節，就像是日本的盂蘭盆節，每年冬至後的第一百零五天，大約落在四月五日前後，既是國定假日，也是家族團聚的重要日子。高鐵車票近乎「一票難求」，高鐵的人潮和高速公路的車潮都擁塞不堪。

我以為和日本的返鄉潮沒兩樣，實際上也有細微差異。那就是台灣人在清明節的返鄉率比想像高出許多。在日本，夫妻結婚後會在盂蘭盆節互相陪同對方返回老家，迎接盂蘭盆節。而在台灣，即使是未婚的年輕人或學生都必須排除萬難回家過節，因為散居各地的親戚會在清明節返鄉掃墓，大家一起圍著圓桌吃頓飯，有點半強迫的感覺。

緬懷重要的人或祖先的心情一樣，但是中華民族的社會與日本不同之處，對於安置祖先遺骨的「墳墓」懷抱著強烈的執著。

最近，看了中國電影《相愛相親》（二〇一七），一位處理母親身後事的女兒，想要遵從母親的遺願，讓其與過世的父親葬在一起，但是必須要說服父親在家鄉的元配同意遷墳。然而，堅持守住丈夫墳墓的元配和想讓二房的母親與父親合葬的女兒，雙方僵持不下，甚至把親友和附近鄰居都捲入這場遷葬風波裡。

出自於對墳墓的執念才有這樣的故事吧。因為深愛著過世的人，才糾結在一座墳上，互不相讓，這也是這部電影的主幹。

實際上，位在富士山的墓園只有父親一半的遺骨，剩下的一半與台灣的顏家祖墳葬在一起。當時，我還難過地向母親說：「為什麼爸爸的遺骨要分成兩半？這樣好可憐喔。」得到的回答是：「不會的，妳爸爸會很開心。」直到現在，我都還記得這段對話。

隨著年齡的增長，想法也有所改變，現在終於可以體會母親當初把父親的遺骨分別放在台日這兩個故鄉的心情。墳墓，是追思故人的地方，分散在好幾處又有何妨呢。那部電影圓滿收場，最後也是彼此有了這般體悟而相互退讓。

我已經有好幾年沒在台灣的清明節去「掃墓」。看完電影後，自己稍微反省，下定決心在明年春天要回台灣慎終追遠。

對日本人而言，何謂「台灣的魅力」？

我手上拿著二〇一七年七月中旬上市的日本雜誌《BRUTUS》（Magazine House），這一期以台灣觀光為主題。

封面標題印著「101 THINGS TO DO IN 台灣」，底下映照著台南市「國華街」的街景。筆直的雙向單線道兩旁，小吃店櫛比鱗次，上方的牛肉湯或燒肉飯等的招牌密集豎立，穿著拖鞋和短褲的行人與機車交錯的日常景色，全展現在這張照片。

光看封面就讓我的心情愉快。身兼台南市親善大使的我，好幾次漫步在這條國華街。想起自己在這裡寫書採訪的回憶，街道的氛圍讓人不由得感動，是我心目中覺得「這就是台灣，這就是台南」。

第一次走在國華街，手一伸出去彷彿立即會碰觸到路過的汽機車，走得戰戰兢兢；看到小吃店前大排長龍，自己也好奇去湊個熱鬧，沒想到快輪到時，東西卻賣完了。看到台灣人的生活型態和蓬勃活力，人群雜沓，此起彼落的叫賣聲，感受到人與人的距離如此接近，「啊～沒錯，這就是台灣！」由衷地佩服起來，也喚起我童年時期在台灣度過的回憶。

之後，就無可救藥愛上台南，頻繁地前往。當然幾乎是每一趟都要來朝聖國華街的美食，才覺得不虛此行。因此，雜誌用這個街景當封面時，絲毫不感突兀，反而想要來個掌聲鼓勵，「BRUTUS，good job！」

然而，看到雜誌封面的台灣人，卻在臉書發文：「如此醜陋自私的台灣街景，作為日本雜誌的封面，覺得很丟臉」，引發了廣大網友熱議。媒體也陸續做了以下的報導：

「台灣街景登日雜封面很丟臉？日本銷量會說話」《自由時報》

「一張臺南老街照片 讓你看到什麼樣的自己」《上報》

「臺南街景當封面介紹台灣 日雜誌登上熱銷排行榜」《NOWnews 今日新聞》

有網友認為台灣應該是進步的現代化社會。可是像國華街這樣雜亂不堪的街景卻被列為代表台灣的風景，令人十分遺憾。

我想這項爭論的背後，蘊含著如何理解「日本人所期待的台灣魅力」這個本質問題。對《BRUTUS》封面不贊同的人，就某種角度來分析，可能來自不太理解日本人的心情導致。

在車輛來去及人群喧囂裡，濕熱的空氣包圍著身體。這時品嘗台灣小吃，可謂國華街的魅力。其實，這張封面也恰恰反映了在日本興起的「台灣觀光熱潮」中日本人的興趣所在。換言之，「日本人所期待的台灣魅力」全濃縮在這一張毫不矯飾的日常街景。

國華街位於台南市中西區，路旁有傳統菜市場的「水仙宮市場（包括附近的永樂市場）」。作為當地居民的廚房，市場從一大早就非常熱鬧。在國華街上短短一百公尺的街區，聚集相當多的小吃店，讓到市場買菜的顧客既可以內用或休息，也可以外帶。這些都是台南著名的道地小吃。尤其是許多美食老店，經常大排長龍。若是衝著這些排隊美食而來，就要早起一點，因為不少店家在中午前就銷售一空，關門休息。

國華街的存在不僅對於台南人，相信對許多來訪的台灣人而言，也是家喻戶曉的台灣小吃美食街代表之一。雖然稱不上時尚獨特或呈現設計感，可是漫步在街上可以感受到溫溫的人情味，自在地與街景融為一體。不僅可以接觸在地居民的生活，也能和親切敦厚的攤販攀談幾句。

我在日本推出的《我的台南》（新潮社，中譯本由聯經出版）一書，稱得上是第一本完整介紹台南的深度旅遊書。聽說之後到台南旅遊的日本人變多，而且手上拿著我的書穿梭大街小巷，我也因而受到賴清德市長之邀，出任台南市親善大使。

那本書的內容網羅了台南的美食小吃，以及在台南遇見的許多人，其中也介紹了我和台南檳榔店老闆馬路楊桑的交流過程。

書一出版，這間檳榔店成了日本觀光客必訪之地，馬路楊桑瞬間大受歡迎，至今每天仍有日本人到店裡光顧，和不懂日文的馬路楊桑利用紙筆交談，請他導覽台南街道等等，來訪人潮絡繹不絕。

一旦認識檳榔店的馬路楊桑，幾乎所有日本人都對他的親切讚不絕口。而且口耳相傳，再介紹給朋友。書在二〇一四年出版後，才短短三年光景，聽說已有接近三千（！）位日本人到訪過這間不到一坪大的路邊小小檳榔店。

也許台灣人聽到日本人來台灣竟然是到檳榔店，心裡可能很不是滋味。但是，試著理解希望能和台灣當地居民交流的觀光客心態，或思考喜歡台灣的外國人究竟在追求什麼？對於這樣的現象也就能慢慢理解吧。

比起台北或高雄這樣的大都市，台南的工商業現代化開發較晚起步。也因為如此，日治時代的建築物或車子無法通過的羊腸小徑，以及許多民俗信仰中心的廟宇也得以保存，讓我們感受到台灣古早時代的懷舊氣氛。這一兩年，對日本人而言，台南是相當熱門的旅遊景點，並受到青睞。當然，即使在台灣人之間，台南觀光也蔚為風潮。

街道的規模恰到好處，可以步行或騎腳踏車好好欣賞在地的人文風情，放慢步調細細品味居民的日常生活。

或許部分台灣民眾對於國華街登上日本雜誌封面忿忿不平，但是換個立場想，許多台灣人到日本各地旅遊，也是四處走訪許多日本人想像不到的地方，發掘出連日本人都沒有注意到的魅力，樂在其中。

海外觀光客對當地的期待，往往與本國人有所出入。即使在資訊如此發達的現在，歐美的雜誌仍用「藝伎」、「忍者」作為封面來表現日本意象。這樣的情況屢見不鮮。日本人面對這樣的情況往往也只能尷尬苦笑，安慰自己：即使如此，若能讓更多外國人對日本產生興趣，也算是件好事。

《BRUTUS》是以男性讀者為主的時尚雜誌。到目前為止，有許多日本女性雜誌製作過許多台灣旅遊專題。但是《BRUTUS》這次的觀光專題選在台灣，並且以國華街作為封面，我認為意義非常重大。我想台灣人不用擔心日本人為此而厭惡台灣。在日本，台灣依然是熱門的旅遊景點，喜歡台灣的日本人也不斷增加。我想台灣人應對這件事看開一點，並對自己有自信一些。

台南的街景，是現在日本人所追求台灣印象的縮影。國華街不過是認識台灣的入口＝封面罷了。

溫暖目光與不滿的交錯——思考台灣 LGBT 問題

每次到訪台灣，經常會遇到一些文化衝擊的景象。

在街上可以看到很多同性朋友非常親密地走在一起，有男有女，互動超過一般的死黨或閨蜜，宛如熱戀中的情侶。還有，頂著一頭帥氣的短髮造型，打扮中性的女生比比皆是。去到百貨公司和髮廊，也不乏看見非常女性化的男性店員細心體貼地招呼客人。

他／她們之中，有不少人是「LGBT」族群的一份子。LGBT是女同性戀者（Lesbian）、男同性戀者（Gay）、雙性戀者（Bisexual）與跨性別者（Transgender）的英文首字母縮略字，是性少數者（Sexual minority）的統稱之一。在台灣，較為常見的稱呼是「多元性別」。

在日本，較知名的有像貴婦松子、IKKO 等藝人，以同性戀或女裝活躍於演藝圈，但是大多同性戀者通常礙於輿論壓力而選擇不公開。在台灣，身為同性戀似乎不是什麼值得大驚小怪的事，也毋須遮遮掩掩，也有不少名人大方公開出櫃。在 LGBT 權利運動上，台灣可以說全亞洲首屈一指的先進國。

「我跟妳說喔，今天是我女朋友的生日！」

大約四年前，我在台灣參與舞台劇演出時，因為共演而熟識的女演員開心地跟我說道。這句話至今還依然清晰地記在腦海。她有位穩定交往中的同居女友，在一起已經三年，對方偶爾也會到排練室探班或接她下班。和一般男女朋友沒兩樣，她也說希望有一天兩個人可以名正言順地走入婚姻殿堂。

當我重新環視自己的周遭，我的親朋好友或出版界，也有好幾位是 LGBT 人士，他／她們並沒有遭受異樣眼光，也在社會的不同領域表現得相當活躍。

有不少關注 LGBT 議題的日本人對「台灣同志遊行」（Taiwan LGBT Pride）深感興趣，希望有朝一日能親身體驗。二〇〇三年，台灣首度舉辦以來，每年來自海內外的參加者急速增加，目前晉身為亞洲最大規模的爭取同志權益活動。二〇一八年的參與人數突破十三萬人，創歷史新高。

在這樣的台灣，二〇一七年司法院大法官判定現在的婚姻制度未保障同性兩人的婚姻自由及平等權已屬違憲，要求立法機關兩年內完成修法或制定，成為亞洲首例。可是，以現階段來看，同婚修法的進度似乎停滯不前。

十一月二十四日，全台灣二十二個縣市舉辦九合一選舉（包括直轄市長、縣市長、縣市議員、鄉鎮市長等）的同時，在同性婚姻合法化的議題上也進行公民投票。

被譽為全亞洲對待 LGBT 最友善的台灣，又會做出什麼樣的決定呢。不只是台灣人關心投票結果，也受到國際社會的高度矚目。遺憾的是，投票結果是反對同性婚姻修法的票數遠遠多出贊成票，結果就是「NO」。

乍看之下，台灣人對 LGBT 族群溫暖包容，其實社會上也存在著來自保守派的強烈反對聲浪，為了讓更多的人投下反對票，透過社群網路和媒體拚命地展開遊說活動。

回想起自己的校園生活，因為就讀的國、高中都是女校，我也曾經心儀過同社團的學姐，情人節時還送過巧克力，那種小鹿亂撞的心情真令人懷念。無關性別，真心地喜歡上誰，願意為對方付出的情感是很珍貴的，我是發自內心地給予支持。

台灣可說是移民國家，具備了對外來文化兼容並蓄的土壤，不會去打壓不同思想或立場的人。希望如此富有多樣性的台灣，不久的將來能成為對 LGBT 寬容的社會，作為亞洲其他國家的典範。

從這次的公投結果可知，同性婚姻之路布滿荊棘並不好走，誠摯希望大家不要放棄，繼續為婚姻平權而奮鬥。

朗讀的奧妙——用聲音傳遞情感

「坊やよい子だねんねしな～」（好孩子乖乖睡覺～）

某天傍晚，聽到廣播電台傳來熟悉的旋律，我反射性地跟著一起唱：「いまも昔もかわりなく～」（從以前到現在都沒改變～），整個思緒回到童年。

以這首歌為主題曲的電視動畫《漫畫日本昔話》（自一九七五年開播），是我小時候最喜愛的節目。日本的阿姨都會特地錄下寄到台灣，傳統VHS錄影帶的播放時間是兩個小時，一卷有四集。我依然記得每次想要一口氣全部看完，但是母親卻不准，還因此嚎啕大哭地抗議。

這個節目的配音員（日本稱為聲優）是前陣子過世的女演員市原悅子（一九三六～

二〇一九）。長大後，我才知道市原一個人分飾多角，包括故事旁白或者是老婆婆、鬼怪等各種角色，唯妙唯肖的配音帶給我童年滿滿的回憶。

「真正掌握朗讀的技巧，才有資格成為獨當一面的演員。」

我為了當上演員而接受演技訓練時，指導老師如此說道。當時，我太小看朗讀這門學問，實際發出聲音念出文字，才發現不如自己想像鏗鏘有力，缺乏聲情並茂的感染力，因此遲遲過不了老師那一關。

一般來說，演技不只是用嘴巴念出劇本的台詞，也包括從眼神到舉手投足間的細微動作，是使出渾身解數的情感表現。如果加上音樂和燈光效果，就能夠讓觀眾更容易投入戲劇的世界，帶來感動或歡樂。

但是，朗讀是靠「聲音」決勝負，無法用肢體語言輔助。

就拿「今天很熱」這句話舉例。在舞台上一面用手擦額頭，一面講出來，就能確實傳遞這個訊息給觀眾。但是，單純朗讀的話，必須要透過語氣輕重、聲調高低、節奏快慢等的技巧表達，才能獲得聽眾共鳴。

實際體會到朗讀的奧妙時，我也喜歡上朗讀。前陣子，我出席了台灣文學翻譯家天野健太郎（一九七一～二〇一八）的追思會，他因病過世，享年四十七歲，最後翻譯作品是台灣作家吳明益的小說《單車失竊記》（日文版書名為《自転車泥棒》）。我在追思會上朗讀了小說開頭的一段話。

天野翻譯的日文字句流暢優美，沒有多餘贅詞，選用富含想像力的單字。一面跟著文字讀下去，情景栩栩如生地出現眼前。這樣的日文要如何透過朗讀詮釋，我相當苦惱。可是，一旦開始朗讀，聲音就好像被文字牽引般，自然而然地湧現。在我朗讀後，與天野交情甚篤的文藝評論家川本三郎如此說道：

「日文文章裡，不僅限於翻譯，不是講艱澀難懂的大道理就是好文章，反而是使用大家通用的普通文字去呈現沒人講過的事情，才是文章的核心真髓。天野的翻譯正是如此，實際上，是用優美動人的普通文字編織出充滿想像力的內容，我想是他與生俱來的才能。」

我的朗讀能如此順利，有一大部分也是受助於他的翻譯文筆吧。

寫作和演戲是我的工作，依賴文字和聲音傳達給大眾。市原悅子的聲音、天野的文章讓我再次深刻感受到語言文字的生命力。把聲音和文字巧妙地結合，就能開出美麗燦爛的花朵，使表現力更加豐富。想要向天國的兩位道謝，給了我重要啟發。

市原和天野，謝謝你們。

母親對「安樂死」的想法

有一只我遲遲無法丟掉的綠色信封。裡面是空的，收件人是我的母親——一青和枝，寄件人是「日本尊嚴死協會」（「安樂死」一詞日文為「尊厳死」）。

一九九一年，母親被診斷出罹患胃癌，父親已過世七年，當時算是單親家庭。手術成功，可是擔心癌症復發的母親，想到如果有萬一的話，於是開始為迎接死亡做準備。但是，母親萬萬沒想到那個「萬一」，原來如此接近！

母親列出財產清單，整理不要的物品，連遺書也寫好的樣子。其中，她最掛心的就是要如何迎接生命的最後一刻。

「我絕對不要接受無謂的治療。」

這是母親的口頭禪。她完全沒接受心肺復甦術、人工呼吸、打點滴維生等治療，就這樣告別。也許是因為她看過父親因為癌症而痛苦離世的樣子吧，而且，母親也加入日本尊嚴死協會。

初次動手術是匆忙進行的，根本沒時間思考延命治療的對錯，在那兩年後她才真正永別人世。我在整理遺物時，找不到遺書，只有看到文章開頭提到的綠色信封，卻遍尋不著裡面的信件。可能是用來寫拒絕延命治療的專用紙吧。

一九七六年，日本的尊嚴死協會成立，但是反對聲浪強烈，要實現安樂死的合法化至今仍遙遙無期。另一方面，二〇一九年一月在台灣，開始實施以病人為主體的《病人自主權利法》（簡稱《病主法》），保障病人有知情、選擇與決定醫療選項的權利，首開亞洲先例。

病主是指病人自主，也就是在這五種臨床條件下：末期病人、處於不可逆轉的昏迷狀態、永久植物人狀態、極重度失智、其他經中央主管機關公告之病人狀況，或痛苦難以忍受、疾病無法治癒且依當時醫療水準無其他合適解決方法之情形，病人可以自己選擇接受或拒絕醫療。適用對象也包括末期病人以外的患者，這一點意義重大。因為台日同樣面臨嚴重的少子高齡化問題，預測不久的將來，在醫療現場會出現大批的失智症患者等。

在這樣的台灣，我有機會看到以安樂死為主題的紀錄片《一念》，主角是在台灣提倡廢除無效醫療的醫生。他有兩位臥病在床的患者，一位是因為交通事故造成脊椎損傷，導致從肩膀到下半身癱瘓，必須靠呼吸器過生活的年輕男性。另一位是因為突如其來的腦栓塞中風而倒下的高齡女性，仰賴呼吸器維生。

醫生不希望年輕人失去活下去的希望，一直鼓勵他，但是得到的回答是：「就算活著，也跟死人沒兩樣。」而女性患者的部分，則是醫生和兒子商量後，決定拔掉呼吸器。對本人而言，究竟何者才是幸福的？醫生在患者的生與死之間的苦惱，也是我們終有一天會面臨到的苦惱。

我平時就會到老人照護機構看診，幫忙失智症患者治療牙齒疾病。在那裡也看到有不少人插著鼻胃管灌食，無意識地躺在病床上好幾年。經過口腔治療後，也有些人報以微笑，但大部分都面無表情。「如果是我的話，我會想怎麼做呢」——每一次的看診都讓我不禁思考著這個問題。

我拿著母親留下的綠色信封，在心裡想著：如果遇到有必要使用延命治療的情況，母親會怎麼做呢。

台灣可以稱得上是東亞臨終醫療法制化的先進國，應該有很多值得日本學習的地方。所以，思考如何面對自己的臨終是非常重要的課題，也是為了親愛的家人著想。

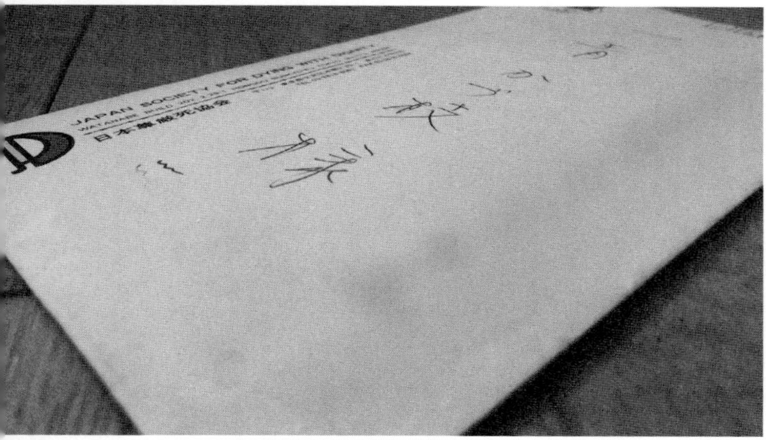
JAPAN SOCIETY FOR DYING
日本尊厳死協会

第二章 その二

我的記憶

私の思い出

台灣人父親與日本人母親留下的禮物——電影《媽媽，晚餐吃什麼？》上映

「妙ちゃん、ごはんできたわよ。」（小妙，可以吃飯了喔。）

大螢幕裡，自己的小名不斷地被呼喚著。女演員飾演「我」的角色，還有母親一青和枝、父親顏惠民、妹妹窈……，我的家人陸續登場。

在參加完台日合作電影《媽媽，晚餐吃什麼？》的試映會後，我的心情並非有趣或感動，而是充滿著難以言喻的不可思議感。「是這樣子的嗎？」我問我自己。

這部電影改編自約莫五、六年前寫的作品《我的箱子》和《日本媽媽的臺菜物語》（中文版皆由聯經出版）。台灣人父親和日本人母親結婚、我在東京出生後不久，就舉家搬到台灣，在當地學校就讀。十一歲的時候，全家的生活重心移到日本，在日本就讀

國高中，從齒科大學畢業，直到現在。

我之所以會寫書，和家人有很大關係。父親在我十四歲那年過世，母親在那七年後也撒手人寰。家中和台灣有關的父親不在，與父親那邊親戚有聯繫的母親也不在了，之後我與台灣的關係頓時變得疏遠。

我再度開始意識到台灣的存在，其實是這七、八年的事情。起因是位於東京都內的舊居——過去和父母親、妹妹四人一起居住過的地方，要先拆除後原地重建。我在整理衣服、書籍和鍋碗瓢盆等食器……各式各樣的東西時，發現一個不曾見過的箱子。深紅色的木箱，約A4紙張大小，我搖晃了一下，裡面發出聲音。戰戰兢兢地打開，看到大量家人在台日之間的書信往來、家人照片，還有母親一面照料罹癌父親，一面持續寫下鬪病過程的日記。甚至還有母親在台學習台灣料理的食譜。

深紅色的箱子就像時光膠囊，我的腦海裡一一浮現家人間的記憶，不斷地滿溢出來。

一九二八（昭和三）年出生的父親，當時台灣還在日本統治下，生於屈指可數望族的長男，是在日本接受教育的「日本人」。父親寫的信裡，最後一定是用舊假名的「さ

よふなら」（再會了）作為結尾，交友圈也幾乎都是日本人。

然而，一九四五年日本戰敗，戰勝國的父親與戰敗國的友人一夕之間被區分開來。父親變成了「中國人」，但是不會說中文，因而迷失人生的方向，一直到死之前似乎都還在為身分認同而苦惱，經常把自己關在房間。如果以現在來看，應該是憂鬱症吧；當時還是孩子的我，縱然感到奇怪，卻無從得知理由為何。

在細讀箱裡一封封的信件後，我才知道父親背負著繼承家族事業的壓力，還有無法符合周圍對他的期待等的苦惱，他的輪廓越來越清晰。在母親遺留的鬪病日記裡鮮明記載著，當父親被診斷出末期肺癌時，母親顧慮到父親的精神脆弱而選擇不告知病情，所以父親直到過世前都故意忽視母親，完全不開口跟她講話的模樣，以及母親的苦惱。

雙親留下的遺物，我一個個拿在手上，驚訝於自己的一無所知，於是動了想要再度認識台灣的念頭。

睽違已久的台灣，街頭的模樣已經改變許多，但是舌尖依然牢記食物的美味，身體也很快就適應空氣的味道，台灣曾經是我的一部分，那種感覺立刻甦醒。我試著追尋父親的腳步，把再訪台灣的體驗寫成散文，集結成《我的箱子》一書。

另一本書《日本媽媽的臺菜物語》是以母親為主角。對日本而言，一九七〇年代的台灣是陌生而疏遠的土地。家人們擔心母親遠嫁他鄉而不會再回日本，可是她不顧反對，決定與台灣人的父親共結連理，隻身來到沒有任何親友的台灣，作為大家族的長媳，母親一面努力獲得認同，拚命學習如何烹飪台灣料理。

放在廚房櫃中箱子裡的食譜，裡面記載著三杯雞、涼拌黃瓜、滷豬腳、蘿蔔糕……等，台灣傳統家常菜的作法。不管哪一道，都是從我小時候開始就經常出現在餐桌上的母親味道。打開食譜，有一種像是和母親重逢的感覺。

父親喜歡喝酒，豐富多樣的下酒菜是必備的，嚴格說起來是大男人主義的類型。母親是家庭主婦，每餐幾乎都為父親煮了六道以上的料理。即便到現在，我吃飯時還是習慣配上很多道菜，全然是根生於小時的飲食生活。

電影是描寫透過母親的台灣料理連結起一家子的日常生活。即使雙親經歷了很多風風雨雨，但是對兩個女兒的關愛未曾少過。雖然是極為平凡的家庭故事，但也是一部有助於理解台日之間複雜關係的作品。

二〇一一年發生的三一一東日本大地震，台灣的捐款高居世界第一，在眾人記憶裡留下深刻印象。之後兩地的民間交流也越來越興盛，年假的海外旅遊目的地票選，台灣入選為最受歡迎的地方，女性雜誌或電視節目也經常介紹台灣的美食和觀光景點。

在台灣，還保存著許多日治時代的建築和文化。為了讓更多日本人認識有著濃厚的人情味，充滿懷舊風情的台灣魅力，我肩負著位於台南市親善大使的使命，在日本各地進行演講活動。

在醫療方面，台灣和日本也有很深的淵源。台灣自一九九五年開始實施「全民健康保險」，是以日本的「國民皆保險制度」為範本，二〇〇四年起推行ＩＣ卡化等，甚至超越了日本。台灣也面臨了少子化、高齡化問題，嚴重程度更甚日本，但是從很早以前就引入外籍移工，作為看護、幫傭，在銀髮族照護現場相當活躍。今後，因應高齡化社會的到來，或許有不少的台灣經驗可以作為日本的借鏡。

我擔任牙醫師，平常往返長期照護設施進行看診服務為主。在二戰結束後不久出生的母親，生活在物資缺乏的環境，有過因為營養失調而瀕死的經驗。或許也是這個原因，從小牙齒不好，在我上大學時，前排牙齒就已幾乎都是假牙。

「這樣子，媽媽就不用擔心牙齒了。」

當我考上齒科大學時，媽媽如此說道。這句話我到現在還忘不了，可是母親在我畢業前夕即過世，沒辦法親自幫媽媽看診，是我最大的遺憾。

在設施裡，可以一面幫老人調整活動假牙，一面慢慢傾聽他們說的話，我自己也很享受那些和爺爺奶奶閒話家常的時間，或許是我把他們和我無法再見面的雙親身影重疊了吧。

因為雙親留下的「箱子」，我對過去的回憶得以一一拼湊起來。還有，埋藏在箱裡有關雙親的故事也搬上大螢幕。每個人都擁有一個「箱子」，只是形式不同。希望這部電影可以作為契機，喚醒觀眾隱藏在箱裡的重要記憶。

我和父親就讀的學習院

我從學習院中學（中等科與高等科，亦即台灣學制中的完全中學）畢業後，進入齒科大學就讀，目前在東京都內開設齒科醫院。

雖然早有耳聞「醫齒藥櫻友會」（医歯薬桜友会）的存在，但一直沒機會接觸。二〇一二年，與我一樣成為牙醫師的中學同窗，透過臉書跟我聯絡上：

「我參加九月舉辦的大會時，有位老師遞名片給我，說他無論如何想跟妳見上一面。聽說妳的父親就讀中等科時，他們當了一年的室友。」

我的父親顏惠民是台灣人，一九二八（昭和三）年在基隆出生，十歲時以「內地留學」的名義遠赴日本，進入學習院中等科就讀。

父親出身的顏家，在日治時代被稱為台灣「五大家族」之一，因為開採金礦和煤礦致富，父親一出生就注定背負著身為顏家長男的宿命。當時來自台灣這個「外地」的留學生，就讀於只有極少數人能進入的貴族名校學習院，推測父親是因為顯赫的家世背景才有辦法入學的吧。

在學習院這個學術殿堂，與日本同學一起學習，對於父親往後的人格形成產生極大影響。

父親接受的是日本人的教育，認識的朋友當然都是日本人，包括語言、歷史觀、對國家的概念，全都是日本人的那套系統。關於自己的身分認同，他也完全自認為是「日本人」。但是，戰爭一結束，卻面臨人事全非的衝擊。

在那之前還是同伴的周遭友人是戰敗國的日本國民，而自己突然被歸為戰勝國的中華民國國民，中間被劃了一道界線。於是，父親變得無法再相信過去曾相信的一切事物。

戰後，他往返台日，並且與日本人母親結婚，然而，他一直受困於身分認同的分裂而痛苦，甚至罹患憂鬱症等。直到五十六歲過世為止，父親的憂鬱症不曾痊癒。順帶一提，當時診斷父親罹患心病的醫師，正是他學習院時代的同學——本間康正醫生。

寫了這些，或許會覺得父親的人生似乎滿是悲壯，但是，他與學習院同學一起度過的日子，也留下許多快樂的回憶。

二〇一二年一月，我的第一本散文集《我的箱子》問世，內容是關於我的父親。在裡面也提到，中學時代的父親參加學習院的登山社，也因此喜歡上爬山和滑雪，舉凡日光的光德小屋、黑菱、白馬、關溫泉、燕溫泉……，都有他的足跡。他對於那些曾經與學習院同伴一同到訪過的地方，懷著深刻的情感。

父親在我十四歲時過世，即使想更瞭解他，但他是昭和初年世代的人，認識他、且還在世的人少之又少。當我聽到還有學習院的人記得父親的事情時，真是大感意外，也非常高興。

比起中文或閩南語，日文才是父親最流暢的語言。在女兒的眼裡，父親比日本人還更像日本人。當我考上學習院中等科時，父親比誰都還要開心。現在回想起來，讓女兒進入對自己而言最重要、最熱愛的母校就讀，也許是父親的夢想之一吧。

到目前為止，我推出一些以台灣為主題的書籍，還在各地演講，希望能作為台日之間的橋樑，盡一些棉薄之力。經常往返於父親的故鄉台灣，與母親的故鄉日本之間，同時也持續牙醫師的看診工作，過著有點不規律的生活。但是，一想到在天國的父親應該也會為我驕傲，每天就有努力的動力。

如果有人讀了這篇文章，還記得那位從台灣到日本念書的「顏君」，請跟我聯絡，我很期待你／妳的出現。

梅子的記憶

我對梅子的喜愛程度無可比擬。

我鍾情的不是「不經一番寒徹骨，焉得梅花撲鼻香」的花，而是可食用的梅子。我喜歡吃酸的食物，尤其是梅子的清爽酸味讓人無法抗拒。日式醃梅、梅酒、梅子果凍、梅子冰淇淋、梅子口味的納豆……一看到商品名稱有個「梅」字，就忍不住想要伸手購買的衝動，沒有任何理由。

在我家冰箱裡，也經常放著「話梅」以備不時之需。「話梅」是我另一個故鄉——台灣的特產，相當於日本的梅乾。

當肚子有點餓或嘴饞時，就含著一顆話梅。因為果肉厚、鹽分含量高，味道持久。

在台灣，也會把話梅放入切半的小番茄，或是在茶類、可樂裡加入一顆話梅，是會讓人上癮的味道。我每次到台灣，都會買一大袋回日本。

關於「話梅」的名稱由來，有一說因為是邊說話邊吃的食物；另一說則是在中國的宋朝，以為大家說書的「說話」為職業的人，為了分泌出更多的唾液而得名。

在日本，作為喜事、吉祥象徵的「松竹梅」裡，梅是最後一名。在台灣則無優劣之分。在中國，從宋代開始「松竹梅」就被稱為「歲寒三友」，在嚴寒冷峻的冬天仍然保持堅韌生命力，而受到尊崇。

蔣介石總統因為梅花耐寒且在寒冬開花，用來比喻當時在台灣努力奮鬥想要反攻大陸的自己，從一九六四年開始將梅花指定為國花。因此，在台灣，有不少標誌或校徽以梅花為意象，例如中華航空的標誌，或是護照上出入國的印章等，比比皆是。包括我在台灣就讀的小學，校徽也是梅花。

梅子的吃法多樣，把梅子放在蜂蜜裡醃漬的「蜜餞」、用烏龍茶醃漬的「茶梅」等，在台灣作為點心食用，不像日本的醃梅是作為餐桌上的配菜。

順帶一提，「梅」的發音是「ㄇㄟˊ」，也和發霉的「霉」同音。有一道在台灣家喻戶曉的客家料理「梅干扣肉」，也是我最喜愛的台菜之一；這是使用由芥菜發酵製成的「霉乾菜」，再與五花肉片一起燉煮。因為「霉」字給人的印象不好，因此替換成同音的「梅」字。

在我家庭院，種了兩棵梅樹。一棵是喜歡梅花的父親所種，他還在世時，我曾問過原因，他說：「因為不像櫻花般，綻放得十分燦爛，卻又凋謝得如此壯烈。」聽起來似乎有幾分道理，「原來如此！」我回應。另外一棵是父親過世後，母親出自對父親的思念而種。

梅樹的細長枝節往上伸展，個子不高的母親剪枝時總要花費一番力氣，順便把收成的梅子釀製成梅酒。那時只有母親一人飲用，消費量和製造量不成比例，家裡的收納間也被琥珀色的梅酒瓶占領。

母親就像是跟隨父親的腳步，幾年後也罹癌過世，釀製梅酒的工作也就此中斷。大約從五年前開始，我挽起袖子在家學習釀製梅酒，僧少粥多，累積的梅酒瓶也越來越多。

欣賞梅花的父親、喜愛梅子的母親，庭院裡的兩棵梅樹似乎是繼承兩人的心願，今年也開滿白色梅花。再過不久，就有結實纍纍的梅子可採收了吧。

衣櫃裡的大島紬

直到前陣子，天氣都還很熱，半夜甚至會把毛巾被踢到一旁。才一轉眼，就因為凌晨的寒冷而醒來。

這幾個月，頻繁往來亞熱帶的台灣和溫帶的日本，不只搞不清楚今天星期幾，季節感也開始錯亂。

打開衣櫃，幾乎都是已派不上用場的無袖衣服，於是急忙著手開始「換季」。

只穿過一次的衣服，要送到附近的洗衣店。這件在新年的正式聚會，應該穿得到……我一件件整理，衣櫃也淨空許多，突然瞥到角落有個桐木收納箱。

咦，這是什麼？我怎麼沒印象。

我輕輕打開，還沒看到裡面裝什麼，就先聞到刺鼻的樟腦味道，反射性地就把蓋子咚地一聲闔上。

「啊！」

沒過幾秒就想起來，是母親的和服。有小紋（整體遍布重複排列的相同圖樣）、色無地（無圖樣的單色和服，黑色除外）、留袖（特色是沒有花紋的上半身、華麗圖樣的衣襬，可分黑留袖和色留袖兩種，均為正式服裝），不同種類的和服各有一件。件數最多的則是藍色的紬（使用先染色的紗節絲線織成的絹織物，色調樸素質感柔和），尤其是隨處編織著竹子圖樣的「藍大島紬」（鹿兒島縣地方生產的藍色大島紬），是母親最常穿的和服。

雖然父親是台灣人，卻是生長於接受日本教育的世代，熱愛日本文化。他非常喜歡和服，除了自己會在過年時穿著和服，他也特別喜歡母親穿著和服的模樣。「爸爸送了許多和服當禮物給媽媽呦！」母親曾這麼告訴我。

母親穿著和服的樣子，在小孩子的我看來，也覺得氣質高雅。陪同父親出席生意上的應酬宴會時，穿著像是訪問著（和服的一種，特徵是花色較為華麗，圖樣是連接成一整片）般格調高尚的和服，搭配翡翠或珊瑚的貴氣戒指，將台日的象徵融為一體。出席學校舉辦的活動或一般外出時，則是穿著小紋或紬等比較輕便、不拘格式的和服。

我試穿了藍大島紬，雖然自誇有點難為情，但是穿起來還滿適合的。老實說，直到前幾年為止，我還覺得太過樸素單調、俗氣。或許是隨著年紀漸長，自己也到了和母親一樣，可以把大島紬穿得很優雅的年齡了吧。

我端詳著映照在鏡子裡的自己，回憶起某次的過年，母親穿著這件和服為我們各盛一碗「雜煮」料理（年糕湯）的模樣，往事歷歷在目。

完全沉浸在回憶裡，整理衣櫃的進度停滯不前。

近來流行的「斷捨離」，作為一種生活模式受到廣大迴響，強調整理、整頓不必要的東西。還有，「極簡主義者」（minimalist）的生活方式也受到大力推崇，主張斷絕不需要的東西，追求簡單生活。在這層意義上，一年只穿一次，或者是好幾年只穿一次的和服，無疑地應該會被列入斷捨離的清單裡。

天性優柔寡斷的母親，不只是和服，就連百貨公司的包裝紙或紙袋、食器、電話簿、收據、筆記本等，留下五花八門的東西就過世了。她的口頭禪是「哪天一定會用得到啊」。

母親應該壓根兒也沒想到自己留下的日記，女兒卻把它寫成書，甚至成為電影的主角。如果母親知道了，也許會生悶氣吧，但是，對我來說是很幸運的事情。

相反，我丟東西很乾脆俐落，唯獨父親希望穿在母親身上而送的和服，即使這四十年間就這樣封存在衣櫃裡，我也沒辦法說丟就丟。

我把看起來沉穩內斂的藍色和服小心翼翼地放回桐木收納箱，在衣櫃的角落裡保留屬於它的位置。

連結起台日的「甜味」

不知為何，當我說起自己超愛吃甜食，經常被人家說「完全看不出來耶」，對方臉上還露出驚訝表情。

看到超商推出新口味的甜點，我一定會買來吃吃看。有時一日三餐以甜食度過也很稀鬆平常，旅行時，比起世界遺產或傳統手工藝品，當地甜點更加吸引我的注意。

北陸新幹線開通後，一下子拉近了東京和石川縣的距離。前陣子，因為到金澤的中能登出差，當日往返的行程其實很緊湊，我趁著空檔繞去和倉溫泉。因為那裡有七尾市出身的知名甜點師傅辻口博啓經營的蛋糕店「LE MUSEE DE H」。我外帶了六塊蛋糕到附近的足湯池，一邊泡腳，不顧周遭好奇眼光，悠閒地享受美妙的滋味。

製作甜點時，砂糖是不可或缺的材料之一。舉凡白砂糖、三溫糖、蔗糖、黑糖等，有各式各樣的糖類，幾乎所有的製糖原料都是來自甘蔗。甘蔗，是台灣的特產。我喜愛甜食的理由，也是在這裡。

童年時期住在台灣，常可看到路邊停放著農家的小貨車，滿載著甘蔗，一旁立著手寫的「甘蔗」看板。把一枝枝的甘蔗放入榨汁機，淡黃色液體緩緩流出，裝進塑膠袋，再把一包包現榨的甘蔗汁拿給客人。就像是現在流行的果汁店原型。

另一方面，使用像柴刀般銳利的甘蔗刀，先把長長的甘蔗分段，再一刀刀把削掉紫色外皮，淡黃色的莖肉可以當場食用。台灣人是先啃一口，之後在口中咀嚼幾次，再吐掉剩下的渣。因此，小貨車周圍都堆著一座座黃色甘蔗渣。

甘蔗生長於熱帶或副熱帶地區，台灣的糖業歷史可追溯至日治時代，在岩手縣出身的新渡戶稻造（一八六二～一九三三）推動下，得以在台灣大量生產，故又被譽為「台灣糖業之父」。

在台灣，自古以來就種植甘蔗，但是品質不佳，產量也少。一九〇一年，他赴台灣任職，進行農業視察。他認為台灣最適合種植的經濟作物就是甘蔗，向總督府提出意見書。甚至在我擔任親善大使的台南新化設置台灣首座甘蔗試作場，從夏威夷帶來了比在來種更甜的品種，並且導入最新型的製糖機械。之後，陸續開闢甘蔗田和製糖工廠，台灣的製糖業有了飛躍發展，美味的砂糖不斷運往日本。同時，在能用便宜價格買到砂糖的台灣，製作甜點的功夫也跟著開花結果。

將甘蔗汁熬煮至濃稠結塊，就變成黑糖。台灣的古早味剉冰「黑糖冰」，使用黑糖製成的黑糖漿，味道純樸簡單，也是我最愛的冰品之一。小時每到夏天幾乎是一天一碗，暗金黃色的剉冰吃來甜而不膩，冰涼的口感剛好可以消消台灣的酷熱暑氣。

現在，吸引日本各地的甜食愛好者前來朝聖的金澤甜點，也是使用黑糖、保存了傳統味道的。在金澤品嘗甜點時，想到了台灣的黑糖冰；在台灣品嘗甜點時，就想到金澤的蛋糕店。

在我的心裡，這兩塊土地因為甜味而產生了連結。

來自石川縣的蘿蔔糕

在年關將近十二月底的某一天，冷凍宅急便送來一盒包裹。有點厚度的四方形箱子，大小就像日本的國語辭典《廣辭苑》，拿在手上還有點重量。寄件人的地址寫著石川縣。「這是什麼呢？」一打開，裡頭放著很多塊蘿蔔糕。這是住在石川縣的台灣人、瀨戶淑枝女士親手做的家鄉味。

對我來說，蘿蔔糕是勾起我童年回憶的特別食物。

童年在台灣生活時，每週至少會吃一次蘿蔔糕，除了母親自己動手做的，台北的國賓飯店、六福客棧、圓山飯店等知名餐廳的蘿蔔糕，都是我記憶中懷念的味道。

放學後回家，肚子有點餓時，母親就會去廚房煎塊蘿蔔糕。其實，製作蘿蔔糕很費

工夫，要拚命將一條條蘿蔔刨成細絲。到了週末，阿姨來家裡作客時，桌上也會出現蘿蔔糕，我一邊津津有味地吃著，一邊聽著大人的對話。每次吃蘿蔔糕，就會回想起台灣的生活，以及母親拿著菜刀手腳俐落的模樣，如今依舊鮮明記著。

我還在念大學時，母親因病過世，之後就沒什麼機會吃到蘿蔔糕。有時，我會跑到中華料理店特地點來吃，但是味道往往讓人失望，之後就離蘿蔔糕越來越遠。

就在我完全忘記蘿蔔糕的味道時，二〇一四年我認識了瀨戶夫婦。當時是受主辦單位石川縣華僑總會之邀，出席台日交流演講與座談活動，日本人瀨戶元先生和台灣人淑枝女士，兩人都是住在金澤的石川縣台灣華僑總會會員。淑枝女士還帶了親手做的蘿蔔糕作為伴手禮送給我。

一回到東京，立刻煎了一塊來吃，忍不住喊道：「哇～一模一樣！」淑枝女士的蘿蔔糕和我母親生前做的，簡直就像出自同一人之手。

嫁來日本的淑枝女士會開始做蘿蔔糕，背後是有故事的。

一九四二年出生的瀨戶先生，過去作為技術人員，曾在台南開工廠，結識了在當地藥局工作的淑枝女士，進而相戀，兩人在一九九〇年結婚，不久後搬回日本的石川縣金澤市開始生活。

石川縣金澤市也是日治時代曾在台灣南部興建烏山頭水庫的水利工程師八田與一（一八八六～一九四二）的故鄉。每年，淑枝女士都會到八田與一的母校花園小學演講有關八田與一的事蹟，因為她的老家就在烏山頭水庫旁，從小就常聽到大人提到八田和對他的尊崇，但連她自己也沒想到會嫁到八田的故鄉。她去演講時，會帶著親手包的肉粽和小學生分享，大家都很興奮。淑枝女士的廚藝在台灣人之間也是出了名，一方面是抵不過朋友的熱烈懇求，她開始包肉粽和做蘿蔔糕，賣給熟識的朋友。原本只是為了家人而做的肉粽和蘿蔔糕，現在則是散居日本各地的台灣人一解思鄉之情的食物，甚至滿足了不少其他喜歡台灣的日本人的胃。

蘿蔔糕，在日本稱為「大根餅」，「大根」是指蘿蔔，「餅」則是相對於中文的「糕」，指將各種穀物加水一起研磨成漿狀，和其他材料混合攪拌後，蒸熟成固狀的東西，像是蘿蔔糕、年糕、紅豆鬆糕、馬拉糕等各種糕點。

我對於任何冠上「糕」字的點心，都很感興趣。

過年時吃的年糕是用糯米粉和黑糖混合後，再加入煮熟的紅豆均勻攪拌，放入蒸籠裡蒸熟。年糕切片後用慢火煎，就會膨起，像嬰兒的臉頰般，柔軟有彈性。小時候，甜而不膩的年糕是我心目中最高級的糕點。

紅豆鬆糕，是使用糯米和紅豆做成像蜂蜜蛋糕的糕點，熱熱地吃，味道簡單又令人懷念。這是中國河南地方的特產，也是蔣宋美齡喜愛的故鄉味道，因為她經常光顧圓山飯店吃紅豆鬆糕，因而有名。到現在仍是圓山飯店非常受歡迎的點心之一。

順道一提，「糕」在閩南語叫做「粿」，台灣剉冰的配料裡固定會出現的「粉粿」，更是必點。「粉粿」是由番薯粉做成，口感和日本的蕨餅相似。我對滑嫩Q彈的食物，幾乎毫無招架之力。

近年，看到台灣的早餐店菜單，除了豆漿或油條，也出現了蘿蔔糕。回想起一九七〇年代的台灣，雖然我還是小孩子，但是印象中早餐店還沒有蘿蔔糕。不知道何時開始出現的，可是不用特地去餐廳就吃得到，輕鬆享受到蘿蔔糕的美味，也是一種小確幸啊。

其實，蘿蔔糕除了蘿蔔，還會放入蝦米、乾香菇、培根等豐富食材，再加上磨好的在來米漿，作法繁雜，需要花上不少時間。但是，也有單純使用蘿蔔的蘿蔔糕，價格也比較便宜。然而，市面上販售工廠生產的蘿蔔糕，吃起來有點粉粉的，味道也普通，還是手工製作的最好吃。

行文至此，突然好想吃蘿蔔糕，趕緊把冷凍庫裡的最後一塊拿出來，用平底鍋煎來吃。

每年到了冬天，瀨戶夫妻會離開石川縣，在淑枝女士的故鄉——台南度過，已經成了慣例。她在回台灣前，寄給我親手做的蘿蔔糕，感覺就像是天上的母親拜託淑枝女士送給我的耶誕禮物，或者是新年紅包。

今年，我一定要好好拜託淑枝女士，教我蘿蔔糕的作法。

穿著母親的旗袍前往石川

書本、房子、金錢、黃金、鑽戒、一技之長……，身為父母親，會留什麼給自己的孩子？我的母親留下許多東西給我，「旗袍」也在其中。

旗袍，在日本稱為「チャイナドレス」（China Dress，和製英語），原本是滿州人的服裝，從滿州人建立清朝政權開始，旗袍也逐漸普及到漢人的日常生活，直至今日。

當日本人母親嫁給台灣人父親後，在台灣出席大大小小的宴會場合，一定是穿著旗袍出席，也許這是母親對自己嫁過來台灣的一種覺悟吧。

近年來，日本社會再度掀起穿和服的熱潮，而在台灣許多時下的年輕女生也流行穿著時髦的改良式旗袍，我自己也曾買過幾件。但是，母親的旗袍是由裁縫師量身訂做，

無論布料或剪裁都很精緻高雅，比成品耐穿、耐看好幾倍。

我的衣櫃裡有好幾件母親留下的旗袍，偶爾會隨著不同的心情穿出門，但是二月四日當天，我要穿著母親的旗袍出席在石川縣舉辦的電影首映會，是我很早以前就決定好的事，因為這是一部描寫關於她的故事，而且要在她家族的起源地——石川縣上映，理所當然地要帶著她的遺物前往。

電影《媽媽，晚餐吃什麼？》改編自我的兩本著作，在日本全國上映的前一週，也就是二〇一七年二月四日開始在金澤等地舉辦了試映會。參與演出的演員和白羽導演，一行人馬不停蹄到各個放映的電影院，上台跟觀眾致詞，度過忙碌卻充實的一天。到每個地方，都有人稱讚我身上的旗袍：「這件旗袍，真的很好看！」如果母親聽到了，也一定會得意洋洋吧。

即便如此，其實我第一次穿在身上時，著實嚇了一跳。不管是胸圍、顏色、長度等都完全契合，彷彿一開始就是為我量身訂做，我與母親的身形是如此地相似，也許這就是所謂的遺傳吧。

這部電影是描寫我的母親與台灣人父親結婚之後，透過學會的台灣料理，穿插在日常中發生的點點滴滴，屬於家族的故事。在大螢幕上，可以看到圍繞著餐桌牽起的家人記憶、親子間的情感、姐妹的糾葛等等，希望觀眾能夠從各自的立場，得到一些共鳴或者喚起屬於自己的家族記憶。

不同於負責製作發行的電影公司的宣傳活動，我自己另外規劃了一場特別試映會。一月下旬，地點在東京的台灣文化中心，邀請對台灣感興趣的媒體朋友和相關團體共襄盛舉。這是電影首次向一般民眾公開，因此對觀眾的反應有點戰戰兢兢，片尾曲是妹妹一青窈親自獻唱的《空音》，當音樂開始播放時，全場響起熱烈掌聲，那一瞬間，我也鬆了一口氣。二月四日，在金澤的電影院首映會後，現場觀眾如雷的掌聲，那份感動至今仍難以忘懷。身為原著作者，我相當開心。

當晚，在金澤也舉辦了特別美食趴，重現電影裡登場的台灣料理，與當地民眾一起同歡。突然想起很久以前，父母親和親戚也是這樣，大家聚在一起用餐並且閒話家常，整個氣氛相當熱絡，歷歷在目的畫面掠過腦海。可能是穿著母親旗袍的緣故吧，在來賓面前一邊打招呼，眼眶也不自覺泛起淚光，我明明是不喜歡在別人面前落淚的啊！

話說，母親在台灣穿著旗袍，可是實際上父親喜歡的是母親穿和服的模樣。聽說日本人女性穿著和服的端莊高雅模樣，對台灣人男性有著一種無法抵檔的魅力。電影宣傳告一段落之後，我想下次穿穿看使用石川縣的加賀友禪或能登上布製成的和服，讓父親也可以瞧一瞧。

我的童年回憶

「咻、咻！」

至今依然還記得，小學時的老師用嚴厲口吻命令：「把手伸出來！」接著，藤條鞭打的聲音傳遍整間教室，讓人記憶深刻。

我的父親是台灣人，母親是日本人，我在台灣念小學是一九七〇年到八〇年代初的事。當時的台灣在國民黨的獨裁統治之下，基於反攻中國的信念，實行相當嚴格的學校教育。

從小學一年級開始，每天的上課時間長達八小時。早上七點前要到學校，還有自習時間，撐到傍晚五點過後，終於可以下課。老師出的家庭作業堆積如山，多到寫不完，

而且日復一日。

還有，如果做壞事或忘記帶作業的話，老師手上就會拿細長竹子做成的藤條，毫不留情地打在手心上。

段考成績會從最後一名開始發表，誰吊車尾，誰第一名，全班同學都會知道。每個學期，全學年第一名的同學照片會被貼在教室入口處，被老師表揚一番。不管是什麼事情，好像都被教導要跟別人爭個高下。

在不分成績優劣的寬鬆教育（ゆとり教育）成為主流的日本看來，簡直是無法想像的世界。但是，學生本人若適應嚴格的教育環境，一般也過著快樂的校園生活。

老師在體罰時毫不手軟，被藤條打過的痕跡，就一條紅紅的，像是蚯蚓般腫起來。可是，疼痛一瞬間就消失。過不久又惹怒老師，我們就在這樣的循環下成長。

在台灣的小學，還有另一個令人難忘的「午睡時間」。

中午吃完便當後的一小時是午睡時間，或許有很多人會覺得：「那不是很好嗎？」但是，對我來說只有痛苦兩個字可以形容。即使完全沒有睡意，也要趴在桌子上假裝睡覺。位處亞熱帶的台灣，教室裡只有吊扇轉啊轉，在沒有冷氣的室內，大熱天的中午根本無法說睡就睡。

然而，在這個「強制睡眠」的時間，如果亂動，就會被老師點名：「到後面罰站，來，彎腰。」接著，藤條就咻咻地落在屁股上了。

我討厭被打屁股，即使睡不著，也會把雙手平行放在桌上，額頭就枕在上面，雙眼直盯著桌面的木紋。很多時候沒過多久，一陣睡意襲來，自然睡著。

根據最近的研究顯示，午睡是提升下午工作效率最有效的方法。但問題是日本人幾乎沒有午睡習慣。當然，我已經養成午睡習慣，現在比較困擾的反而是在日本很難找到可以午睡的地方。

因為在台灣受到這樣小學生活的影響。長大後，回想當時的很多經驗，對如今的我是有幫助的。徹底實行填鴨式教育，不斷背單字，對於現在作為演員，即使要背大量台詞也難不倒我，這要歸功於小時候的訓練吧。到哪裡都有辦法立刻睡著的「特技」，也是那時候養成的。

當然不樂見出現過度的體罰或沒意義的斯巴達教育。回想起來，或許是因為接受過嚴格的教育，現在的自己才有辦法咬緊牙根，身為作家即使被截稿日追著跑，同時也可以努力兼顧好演員和牙醫師的工作。

砂質橡皮擦的回憶

每年，在日本黃金週（在四月底至五月初的連續假日）的前夕，我會搭乘前往台灣的飛機，出席由父親家族企業舉辦的年度董事會。加上台灣的親戚，像我這樣散居在日本或是美國的親戚也會回來相聚。

開會當天，桌子上除了決算書、筆記用的白紙和寶特瓶礦泉水，也發了一支藍色原子筆。

重要議題包括作為公司主要收入來源的金屬加工廠生產狀況，顏家在九份開採過金礦的大片土地租金收入，以及飯店開發計畫的進度等。其中，在多角化經營的方針下，最近也開始黃金鱒龍魚的養殖事業。

我的日常生活是以寫作、演戲和治療牙齒的工作為中心，和這些會議內容完全風馬牛不相干，但這是從過世的父親那裡繼承下來的家族事業，也肩負著一份責任。我一邊認真地聽，一面記下數字，發現自己寫錯了，於是拜託在場的工作人員：「請拿給我一個矽質橡皮擦。」

結果，那個人笑瞇瞇地拿給我的是黑色筆芯的「擦擦筆」，而不是矽質橡皮擦。擦擦筆，在近年的文具界蔚為主流，寫錯的文字可以用另一端的橡皮頭擦掉，非常方便。

利用墨水顏色會隨著溫度變化的原理，摩擦生熱後，墨水就會轉為無色。但是，矽質橡皮擦是把文字本身和紙張的表面一同擦掉（紙的纖維會掉），與擦擦筆相比，功能還滿陽春的。

順帶一提，在台灣原子筆的筆芯顏色以藍色居多。像是銀行或公所的公家機關，還是飯店和餐廳，準備的幾乎是清一色的藍色原子筆。因為印刷的文件是黑白的，用黑筆寫的話，會不好分辨是正本還是複印的。還有，黑色會讓人聯想到喪事之類，被認為是不吉利的顏色，因此藍色原子筆較為常見。

對小孩子而言，砂質橡皮擦是亦敵亦友的存在。在台灣的小學，不是使用鉛筆，而是從低年級開始，上課就被要求使用原子筆或鋼筆。所以，不小心寫錯字時，只能用砂質橡皮擦擦掉。

使用砂質橡皮擦的關鍵是要拿捏好力道，其實很麻煩。如果施力得當，原子筆的墨水痕跡擦得一乾二淨，可是稍微用力過度，就會像被蟲咬了一個洞，損壞紙面。而且，若是同個地方一直寫錯重擦，整張紙可能就報銷了，悲劇一場。

小學的寒暑假作業經常要寫日記，曾經發生過自己已經快寫到結尾時，才發現寫到其他的事，不得不擦掉一整頁的內容，只好拿著砂質橡皮擦不停地擦，擦到手好痠。因為整張紙變得髒兮兮的很難為情，所以整張撕掉後重寫，卻被老師發現日記本的頁數有少，還因此大發雷霆。很懷念小學一年級的作文本，我和同學的都破破爛爛的，那時是透過砂質橡皮擦，學習如何控制力道，並且溫柔且細心地對待物品。

在董事會的座位，我一邊望著寫錯的數字，腦海裡浮現砂質橡皮擦和藍色原子筆的記憶，真是令人懷念。因此，事後幾乎想不起來後半段的會議內容。

生命清單之一——讀《唐詩三百首》

我從很早以前就開始認真思考「死亡」這回事，一方面出於好奇心，當然也會恐懼，或許和我從小就經常面臨到至親的人相繼過世有關。記憶中，第一次意識到死亡是在八歲時參加祖母喪禮，她的表情與平時一樣慈祥和藹，但是摸起來卻像陶器般冰冷，我嚇了一跳。

後來是祖父、父母親、伯叔父／母、堂表親等，紛紛在我年輕時離開人世。在我擔任牙醫師後，針對老年人進行居家醫療的牙齒看診服務，日常接觸到死亡的機會不在少數。也許是身邊總是籠罩著死亡陰影，我習慣思考「如果我是那位死者的話……」，在腦海中不斷地為死亡做準備。

我想要什麼樣的臨終？安樂死、環保自然葬、生前葬……，每個階段都會因為當時的年齡和狀況，心目中理想的「後事」也會隨之改變。我也列出了一份屬於自己的生命清單，想吃的食物、想見的人、想穿的衣服、想去的地方等等，其中也包含了最後想讀的一本書，那就是《唐詩三百首》。

我的父親是台灣人，母親是日本人，十一歲之前在台灣度過。當時的台灣教育環境是填鴨式教學，基本上就是不斷背誦，也就是「背多分」。每天要背上好幾頁的課本內容，隔天在全班同學面前背誦。如果背不好，就會遭到老師嚴厲體罰。

我記得是小學四年級的暑假作業，學校發給每人一本《唐詩三百首》，並且交代要整本背起來，那時甚至想過乾脆一了百了，太可怕了。在各式各樣的長短詩裡面，最初背誦的是唐代詩人李白（七〇一～七六二）的〈靜夜思〉，詩中吐露出思鄉之情。

床前明月光，疑是地上霜。
舉頭望明月，低頭思故鄉。

李白在青年時期以前居住在蜀地（四川省），爾後受到唐玄宗賞識，甚至在宮廷供奉翰林，但是晚年輾轉於中國各地；雖然是頂著詩仙大名的天才型文學家，可是抬頭望著月亮懷念故鄉的身影，在古今中外獲得多少在異鄉漂泊的遊子共鳴。因此，這首琅琅上口的詩從唐朝流傳至今，在華文圈裡成為家喻戶曉的名作。

對我而言，日本和台灣都是重要的故鄉，難以割捨。不管是在哪裡迎接死亡的到來，我都一定會想念另一個故鄉吧。

伴隨著年歲的增長，真正走到人生的盡頭時，是否能完全理解這首〈靜夜思〉的涵義呢？如果可以，我在臨終前想要一手拿著《唐詩三百首》，「舉頭望明月，低頭思故鄉」，好好地跟兩個故鄉告別。

「味覺」串起的台日家族物語

二〇一四年秋天在東京杉並區舉行的「台灣祭」活動，在我演講後有位男士帶著我的作品《日本媽媽的臺菜物語》前來。

「我想將書中的故事拍成電影。」

他的名字是白羽彌仁，自我介紹是電影導演，特地從神戶來見我一面。「非常想描繪以料理串起一家人情感的故事。」他熱情地談到將原著改編成電影的想法，那時我只是單純地想，這個故事若能搬上大螢幕應該也不錯。

兩年後，電影製作完成。試映會上，當我聽見電影中飾演母親的河合美智子女士喊著「爸爸、小妙、小窈，飯煮好了喔！」的台詞，對電影改編原本沒什麼真實感受的我，

心中感動不禁油然而生，不過只有家中才叫的小名被用在電影裡，有些不好意思。

父親是台灣人，出生於一九二八年，是基隆顏家的長男；顏家曾在九份開採煤礦和金礦，被認為是台灣戰前五大家族之一。

父親從十一歲起便在日本接受教育，直到一九四五年日本戰敗都在日本生活；母語是日語，即便戰後仍然認為自己是日本人，但由於台灣已非日本領土，便以台灣人的身分過活。父親在一九四七年回台後，爆發國民黨鎮壓台灣人的「二二八事件」。戰後發生如此慘事，國民黨順勢發布戒嚴令，台灣人活在恐懼的日子持續了三十八年之久；身處歷史巨變之中的父親，他眼中久別重逢的故鄉該是何種光景？其後，父親沒有加入熱血激昂的抵抗運動，也沒有為求發展而前往中國或歐美，他如同失去人生方向一般，再次離開故鄉前往日本。

身為台灣人卻只能說日語，選擇在日本生活的父親，在我十四歲時過世，因此兒時關於父親的記憶非常零碎，可說不太瞭解；為了想好好瞭解父親的過去，從七、八年前起，開始頻繁地到台灣拜訪父親的親友。

在那段時間裡，我從今年已高齡八十四歲的老人口中聽見這樣的一句話：「我無法完全成為台灣人，也無法成為真正的日本人，是個不完整的人。」或許這是經歷過日本時代的許多台灣人，他們心中的聲音；聽到的瞬間，我有種感覺，好像稍稍能夠理解父親戰後總是受困於自我認同的那種心情。

另一方面，我的母親是日本人，擁有相當少見的姓氏「一青」，這個姓氏源於石川縣的中能登町。

母親在東京出生、工作，一九七〇年與父親相遇後結婚，而父親雖然選擇在日本生活，但因為持續經營家業，必須搬回台灣；當時台灣不如日本發達，親戚都反對母親遠赴台灣，而且母親身為長男的媳婦，又是外國人，父親的家人也不好對付；不顧雙方家人反對搬到台灣之後的日子一定充滿許多不安，我是在母親過世後，從伯母的口中知道母親的辛苦，才重新認識她堅強的一面。

母親的料理串起家人與台灣的情感，特別是她想要被台灣的家人認可自己是長男的媳婦。為此，母親開始盡力學習做台灣菜，在雞啼與蛙鳴此起彼落的市場買足各式新鮮食材以填飽父親的腹肚，她常常牽著我的手，交雜著台語和日語愉快地向小販殺價。

在我開始懂事時，母親已變得相當堅強；為了滿足嗜飲又是老饕的父親，我們家的餐桌總是擺出許多像是清蒸魚、三杯雞、麻油雞、豬腳、肉粽、蘿蔔糕、砂鍋魚頭等菜餚，記憶中一同出現的還有中式炒鍋上滋滋噴起的熱油、從蒸籠縫隙散逸而出的蒸氣、砧板上咚咚作響的切菜聲，以及總是在為大家料理的母親背影。

母親在我二十一歲過世。約莫七、八年前，偶然發現了母親的食譜，翻開食譜的瞬間，過往在台日兩地生活的家族記憶彷彿從料理之中甦醒，才發現原來我們姐妹和台灣之間的羈絆，正是這些母親的料理。

日本和台灣曾經同屬一國，共同擁有五十年歷史，度過了苦樂參半的歲月，期間出現不少像我們家一樣的台日聯姻家庭。

戰後已經超過七十年，擁有共同歷史的世代也逐漸凋零，但二〇一一年東日本大地震後，來自台灣這個國家的援助金額世界第一，再次喚起日本人對於台灣的記憶。近年，台灣也是日本人海外旅遊的熱門勝地，雙方交流日漸頻繁，在如此狀況下，像我們這樣的家族故事才會再次成為大眾矚目的焦點。

例如日本女藝人渡邊直美，她和我剛好相反，母親是台灣人而父親是日本人的台日混血，最近在台舉辦演唱會，也出書介紹台灣，帶有台灣意識的種種活動都吸引眾人目光；另外還有九〇年代在日本也大受歡迎的演員金城武，他的母親是台灣人，父親是日本人，也許是就讀台北日僑學校的緣故，日語非常流利，這幾年的活動範圍擴展到全亞洲。家族的形式千百種，無論是哪種，背後都有動人的故事。

這部電影描繪了一個家庭的日常，滿滿都是母親的台灣料理所蘊含的濃烈親情，拍攝工作分別在父母的故鄉台灣和日本的石川縣進行，當時想必非常辛勞的父母，還是給了我們姐妹倆好多的愛，就算只是個普通的家族故事，我認為也能成為一部讓人理解日本和台灣之間複雜歷史的電影。

我想恐怕雙親做夢也沒想到自己的家族故事會被拍成電影，或許會挨罵「小妙，妳在搞什麼！」但老實說，如果他們還健在，很想讓他們也看看這部電影。下次掃墓的時候，我打算告訴他們：「你們的故事被拍成電影了，我有參與演出，小窈唱了主題曲，請你們務必要看喔！」

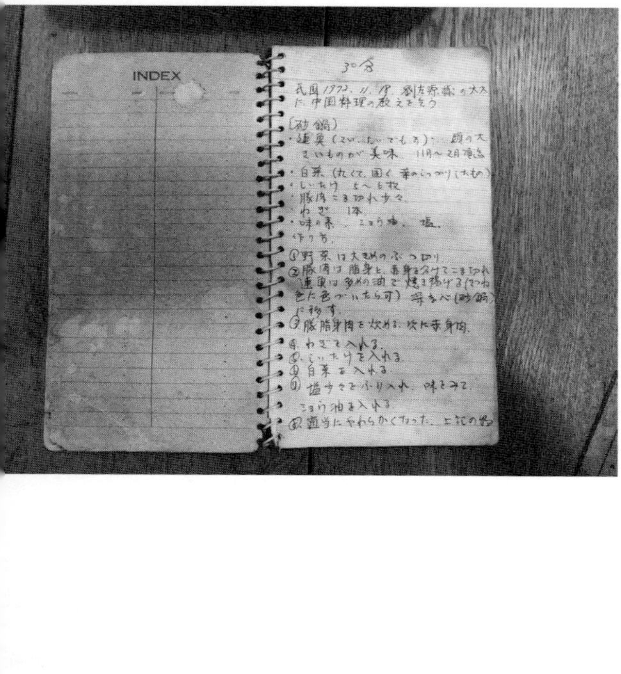

我寫，我演——
一青妙作品終於搬上台灣舞台劇

我的工作是寫作和演戲。我把家族的故事寫成書，之後原著被改拍成電影。在那部電影裡，自己也稍微露臉，演了個小角色。這次則是搬上舞台劇，在舞台上我將擔綱主角之一的「自己」，也就是一青妙。

想來，自己真的很幸運。

他人看來，也許會覺得自己演自己很蠢。但希望大家能見諒，老實說，有這個可以詮釋自己的演出機會，我感到非常幸福。現在，我人在冬季的台北，每天都在排練舞台劇中度過。

這幾年，因為工作或私人因素頻繁往返台日；兩地都是我的故鄉，這種感覺逐年越來越強烈。但是，唯獨這一趟來到台灣繃緊神經，戰戰兢兢。因為二〇一九年三月要在台北上演舞台劇《時光の手箱：我的阿爸和卡桑》，這是我在台灣第一次參與的舞台劇，為了排練，預計會在台停留大約三個月之久。

當我在台灣開始排練時，首先驚訝的是對待劇本的態度不同。劇本是舞台劇的基礎，到目前為止，我在日本參與演出的舞台劇，大多是重視劇作家描寫的世界，包括劇本裡的每句台詞，甚至連標點符號都得忠實呈現。可是，這次的舞台劇，演員遇到難以表達的台詞，可以轉換為自己覺得通順的說法。

「咦，有這一句台詞嗎？」「奇怪，怎麼和上次不太一樣……」

起初我感到困惑，但現在已完全適應。每次輪到自己講台詞，多少也會出現微妙差異，但排練確實比較容易進行。可是，這樣真的沒關係嗎？大家好像都覺得沒差，劇作家似乎也不以為意。彼此溝通意見，彈性應對，真像台灣作風。以成果來看，有時反而能雕琢出更好的作品。當然，像日本那樣，依照一開始就決定好的劇本，按部就班地排練，讓人安心。不管是哪種，都各有優缺點。果然還是和國民性格和民族性有關。

這部舞台劇的原著是拙作《我的箱子》和《日本媽媽的臺菜物語》。這兩本書以我已逝的雙親為主角，以散文描寫家族記憶。二〇一七年拍攝完成的日台合作電影《媽媽，晚餐吃什麼？》也由此改編。這部電影不只在台日，也在香港、泰國等地上映，並獲邀參加各國電影節的展映。我想一切都要歸功於提議拍成電影的白羽彌仁導演、演員和觀眾的支持。

接著，這一次作品將以舞台劇的形式呈現。

當朋友聽到要搬上舞台劇時，驚訝地問道：「怎麼決定要改編成舞台劇的？」老實說，我自己也不清楚。

距今約三年前，我與台灣的電影導演李崗見了面。當時，我以《我的箱子》中文版代替名片遞給了他。二〇一五年，李崗完成了電影《阿罩霧風雲》的拍攝，該片題材是描寫戰前活躍於台灣的五大家族之一「霧峰林家」。我們見面時，是他正在考慮將其他家族的故事搬上大螢幕的時期。我的父親出生於五大家族之一的「基隆顏家」，我的作品剛好吸引了他的注意。

他起初計畫要拍紀錄片電影，可是在考究細節的過程中，有不少知道顏家歷史的耆老已經過世，苦惱於如何選定核心人物，有段時間失去聯絡。就在連我自己也完全忘了紀錄片這回事時，再度接到聯絡。

「打算用舞台劇的方式呈現。」

雖然改用舞台劇演出是我沒料想到的形式，接下來的發展卻很快上了軌道。負責編劇的詹傑是出生於基隆的三十多歲青年，他形容自己會寫這部舞台劇的劇本是「很有緣分的事」。他透過顏家歷史，開始瞭解自己生長所在地的過去，發現故鄉新的一面。他分享了這番感受，讓我聽了深感欣慰。

他涉獵了大量資料，在劇本裡充分反映連結台灣和日本的歷史，並把在日台間動搖的我的家族真實面貌，處理得十分細膩。

對於活躍於電影領域的李崗而言，這也是他首次擔任舞台劇監製。他懷抱著滿腔熱情，提出作品的修正方向或演出等的意見，也經常出現在排練現場。

在開始排練的前一天，所有相關人員齊聚，彼此認識。大家先輪流自我介紹，輪到我時，腦中卻一片空白，至於那時說了什麼，其實不太記得。我身兼原著作者和演員兩種身分出席聚會，平常我不太會緊張，可是這次的心情卻多了幾分戒慎恐懼。

時代背景的設定從二戰結束前後的一九四〇年代到現代。因為時代橫跨日本統治時代的台灣、戰後的日本和台灣，還有現代，為了更加忠實呈現時代演變，台詞主要使用日文，加上台語和中文。

我的角色是扮演現代的「一青妙」。來到台灣的一青妙為紀錄片導演說明活在日本和台灣之間的雙親回憶。飾演導演的是資深舞台演員朱宏章，他也是台北藝術大學的教授，大家稱他為「老師」。其他還有飾演母親好友的資深演員謝瓊煖。我希望藉此機會從他們身上學習演技，並活用到日台演員工作。自己演自己，加上台詞幾乎都是中文，對於以日文為母語的我來說，真是一大挑戰。心情是一半期待一半不安。

實際排練後，令人驚訝的事也越來越多。原來台日可以如此不同，覺得很新奇。比方說，排練場地。我在東京多次參加使用的排練場地，因為擔心隔音問題或是周邊住宅區的條件，通常在地下室，即使是地面上的空間，也幾乎沒什麼窗戶。一天可能有大半時間都待在排練場，但是空氣不流通，揮之不去的霉味，環境絕對說不上舒適。

相較之下，台北的排練場地位在被樹木環繞的建築物二樓，有開放的落地窗。光是來到排練場，心情也跟著明亮起來。不只是排練場地，台灣的寬廣道路以及寬敞的建築物，都讓人瞠目結舌。希望日本也能仿效這樣的都市設計。

我的不安是來自於如何演自己。我的舞台演出經驗超過二十年，但這是頭一遭自己演自己，而且從未想過。每當在採訪中被問到：「作為演員，最有趣的地方是？」我都是回答「能成為和自己不一樣的人。」可是這次是自己演自己。

「那不就更容易了？」希望各位不要這麼想。因為要客觀看待自己很困難，如法國詩人阿蒂爾・蘭波（Arthur Rimbaud，一八五四～九一）說的「我是別人」（Je est un autre）。所謂的當局者迷，看不清自己的其實往往就是自己。因此，每天的排練都在和自己對抗。

本劇集結充滿魅力的人，每個人都很有個性。

飾演父親・顏惠民一角是鄭有傑。鄭有傑的父親原本在日本生活，直到三十五歲才回台，包含台灣人母親，家裡以日文對話。鄭有傑的父親一直到過世為止，習慣講日文，看日本電視和報紙。雖然年代不同，其實和我的父親十分相似。聽說當他收到演出舞台劇邀約時，認為是「命運的安排」，當下就答應了。順帶一提，鄭有傑的哥哥現在仍來往日本和台灣，兄弟間講電話也是用日文。

受到父親的影響，鄭有傑講了一口非常流利的日文。但是，這是他第一次接到台詞幾乎都是日文的工作，因此和我一樣緊張。

母親．一青和枝的角色是由日籍演員大久保麻梨子演出，她和母親一樣，都嫁給台灣人，現在以台灣為據點，活躍於演藝圈。

即使時代改變，決定與不同國籍的人攜手共度一輩子，遠嫁國外的心情，個中滋味只有親身經歷才能體會吧。而且，大久保學會中文，台語也很流利，由她擔綱這個角色，再適合不過了。

飾演其他角色的演員，例如和日本女性結婚的資深演員楊烈、和台灣女性結婚的米七偶、取得日本舞踊修業證書的王榆丹等人，他們在現實生活都和日本有很深的淵源。

排練通常從下午一點過後開始，中間晚餐休息一小時，之後再持續到晚上十點左右。根據分配到的角色，有時不必排練，或只需要參與下午或晚上的某個時段，有彈性調整的空間。其中，最辛苦的莫過於要一直待在排練現場的「演出家」。

日文的「演出家」，中文稱為「導演」。在日本，執導電影的人是導演，而執導電視劇或舞台劇的人則是演出家，在台灣則統一稱為「導演」。

導演是掌握舞台命運的關鍵人物，由現年約三十五歲的廖若涵負責執導，我聽說她是位年輕的新銳實力導演，相當活躍。我想像著日本的演劇界以嚴格指導出了名的導演蜷川幸雄，已有了不時被劈頭大罵的覺悟。但完全不是那回事。她是靠稱讚讓演員成長的導演，也因為如此，所以有時聽到她較為嚴厲的指教時，就像是吃了辛辣的花椒，全身發燙。

我最開心的莫過於排練一結束，大家就各自鳥獸散，有人回家，或趕赴其他工作。在日本，比起「個人」，更加重視「群體」。即使是排練，也經常遇到必須要等誰結束了才能回家，或有人提議要聚餐就很難拒絕之類的情形，隨時要在意別人的眼光，這種情形很常見。對於崇尚個人主義的我來講，形成了莫大的心理壓力。

在台灣，排練結束後，東西收好的人就先走了。比起「群體」，由此可窺見台灣社會是以「個人」優先的吧。這一點正合我意，能實際感受到我也流著台灣人的血，難怪如此契合。觀察越多，越覺得台日有很多地方不一樣，真是有趣。

二〇一九年三月七日，首場將在台北市松山區的城市舞台演出。舞台上會出現原作裡沒有的登場人物，也包括我在書裡無法描寫的內容。透過舞台劇，觀眾有機會重溫日台歷史，注意到每個家庭裡家人存在的理所當然，體會到家人的重要性，哪怕只是一丁點的契機，對我而言是何其榮幸。

排練還要持續到三月上旬的公演。接下來，我一邊期待著日台舞台劇文化差異的新發現，一邊享受在台灣首次登台演出的過程。並且希望這齣大量使用日文的舞台劇，有天也能在日本上演。我懷抱著這個願望，在二〇一九年的新年，雙手合掌向神祈禱。

第二章　その三

我的顏家

私の一族

台灣電影與顏家

我在東京出生，父親是台灣人，母親是日本人。因為父親工作的關係，一九七一年舉家搬回台灣，之後在那裡度過約十一年歲月。

我在台北讀小學，當時的台灣還在戒嚴時期，但是並未特別感到什麼不便之處。只是，電視頻道只有三台（台視、中視、華視），播放時間也有限制，甚至覺得幾乎沒發揮電視本來該有的娛樂作用。

也許正因為如此，取而代之的是把看電影當作一種休閒娛樂的管道，我還記得小時候經常和父母親或親戚一起到電影院。

至於看了什麼電影，卻完全沒有印象。在日本有像《哆啦A夢》、《小天使》、《科

學小飛俠》等，即使是小孩子也很喜歡的動畫電影。可是，在台灣的大螢幕上播放的，全都是適合大人看的，對當時的我來講，也許太過艱澀難懂。

三十年前，電影院的外觀和內部設備都很陽春，觀眾會先在外面的攤販買個水果、鹹酥雞、烤香腸、燒酒螺等各式小吃再進場，在裡面邊吃邊觀賞。沒有預告片，電影開始前民眾要全體起立唱國歌，然後才開始播放電影。

好幾年前，再度踏入台灣的電影院時，原本帶著這樣的記憶前往，變化實在是大到讓人不敢置信，沒想到「起立唱國歌」早就廢除。跟日本的電影院一樣，禁止攜帶外食，尤其是味道重的雞排、香腸、臭豆腐等，人人都是一手爆米花和一手可樂，坐在舒適的座椅，在電影正式播放之前，還可以欣賞其他預告片，暖身一下。

長大後，我進入電影院看的第一部電影是《聽說》（二〇〇九）。這是當年最賣座的國片，內容描述一位陽光大男孩與一心想要照顧聽障姐姐的少女之間的戀愛故事。導演鄭芬芬是台灣新生代導演，裡面有歡笑，也碰觸到敏感的身心障礙議題。雖然故事本身的格局並不大，屬於小品電影，但精準呈現出現今台灣年輕人的戀愛和煩惱等，就像看完法國電影般，在心中留下餘韻久久不散。

「國片」指的是由台灣人在台生產製作的影片，相當於國產電影的意思。二〇〇九年，當我再度跟台灣產生連結，興起一股想要深入認識台灣的衝動，想要看更多的國片。但是，在電影院上映的國片並不多，走到哪裡都是好萊塢或日本電影。我詢問了原因，台灣電影直到一九九〇年代為止，在日本也享譽盛名的導演侯孝賢、楊德昌推出多部作品，在國際知名影展上頻頻獲獎，受到高度評價；但是題材上挖掘歷史較為隱晦的一面，或傾向於追求藝術性，台灣民眾似乎不太捧場，與在國外的評價成了強烈對比，國片市場逐漸式微。

之後，「國片」的票房成績一蹶不振，到了二〇〇〇年左右是最黑暗的時期，大約從二〇〇五年起有一些新生代導演嶄露頭角，國片數量開始增加。二〇〇七年，在當時創下台灣電影史上最賣座紀錄的《海角七號》帶領下，正式迎接國片的新潮流，持續至今。台灣政府也提供製作補助金，獎勵發展。

幾乎是與台灣電影新潮流的興起同個時期，我開始到電影院看國片，有《聽說》、

《陽陽》（二〇〇九）、《一頁台北》（二〇一〇）、《第三十六個故事》（二〇一〇）等作品，這些也和《聽說》一樣，大多屬於小品，內容淺顯易懂，容易引起共鳴。

二〇一〇年的《艋舺》也相當賣座，內容講述黑道的故事，融入濃厚的台灣本土色彩，免不了給人「草根性」之感，但是有許多場面都讓人直呼：「這就是台灣啊！」反而深深吸引著我。同年還有定居台灣的日本人導演北村豐晴製作的《愛你一萬年》，可能因為北村導演是關西人，作品發揮了極盡搞笑之本領，不可思議地和台灣的笑點相當契合，連不太看喜劇片的我都能融入其中。

二〇一一年，在農曆春節上檔的賀歲片《雞排英雄》，是以台灣的「夜市」為舞台，描寫在此謀生市井小民的生活，在充滿熱鬧歡樂的氣氛中，可以看到每個人辛苦奮鬥的一面和背後的辛酸，是一部笑淚交織的喜劇電影。其他還有像《父後七日》，和日本片《送行者》同樣是以死亡和喪禮為題材，用詼諧幽默的口吻描述台灣傳統的喪禮文化，淡化了對死亡的拘謹恐懼，反而是部令人莞爾的作品，可以感受到台灣鄉下樸質而濃厚的人情味。我想起在台灣參加祖母喪禮的情景。

這一年最賣座的電影，就是家喻戶曉的《那些年，我們一起追的女孩》，改編自九把刀的原著小說，並且由他親自執導，描寫發生在校園的青春愛情故事，帶點青澀酸甜的滋味。「那些年」一整部電影的台詞、拍攝地等，甚至還掀起了社會現象。

二〇一二年，在高雄拍攝的警察題材電視劇《痞子英雄》的電影版、講述台灣傳統文化的《陣頭》、紀錄片《不老騎士》、以失智症為題材的《昨日的記憶》、改編視障鋼琴家的真實故事《逆光飛翔》、台灣和中國的合作電影《愛LOVE》、描寫三角關係的《女朋友．男朋友》等，我都看遍了。

二〇一三年，相當於日本文部省的台灣文化部影視及流行音樂產業局大力推動「2013看國片運動」，從農曆春節檔期開始，《親愛的奶奶》、《變身》、《大尾鱸鰻》、《阿嬤的夢中情人》等，一下子就有多達十部國片陸續公開上映，我每次到台灣就固定至電影院報到。

即使如此，我在觀賞台灣電影時，有個最大的罩門。

那就是像《艋舺》或《大尾鱸鰻》那樣，台灣本土色彩濃厚的電影，對白幾乎是以

「台語」為主。台語是從福建省南部使用的閩南語衍生出來的語言，和中文發音完全不同。舉例來說，中文的「我」（wǒ），台語是唸成「guá」，聽起來就覺得天差地遠。台灣的「國語」指的是中文，可是至今有七〇％以上的人使用台語交談，尤其從台北出發越往南走，台語的使用就越頻繁，在街上買東西時，基本上是講台語。

透過電影，原本只在我童年記憶裡的台灣，還有對台灣人的印象有了更新，可以知道現今台灣社會的動向。也因為如此，對於在我出生之前的台灣，父親生活過的台灣是什麼樣的環境，什麼樣的社會？我更加好奇。

我的父親是台灣人，一九二八年出生，來自於被稱為台灣五大家族之一的基隆顏家，而且是背負繼承家業命運的長男。但是，他並不是一開始就是台灣人，在他生長的台灣，當時還受日本統治，自小就被教導成一個「日本人」。

父親在台灣接受到的學校教育是要背誦《君之代》（日本國歌）和《教育敕語》，徹底被灌輸日文教育的世代，和家人之間的對話也是說日文，他毫無疑問地認為自己是日本人。

「是台灣人，也是日本人。」這種糾結的身分認同似乎是很難用三言兩語說明，在他人建議下，我看了侯孝賢導演的《悲情城市》（一九八九）和吳念真導演的《多桑》（一九九四）這兩部電影。

一九八九年上映的《悲情城市》，在威尼斯影展獲得最佳影片金獅獎，是讓侯孝賢導演在國際上打開知名度的作品。

故事是以台灣北部的基隆和九份、金瓜石為舞台，從一九四五年八月十五日播放的「終戰詔書」（即玉音放送）開始。主角是經營「上海酒家」的林氏家族。長男「文雄」繼承家業，經營酒家；原本是醫師的二男「文森」被徵召到呂宋島當軍醫生死未卜。三男「文良」到上海為日軍擔任翻譯，但戰後以漢奸的名義遭到通緝，精神受創，返台後入院治療；四男「文清」是聾啞人士，經營照相館維生。

文良在出院後，與上海黑幫廝混，捲入盜印日鈔和走私毒品等事件中，雖然大哥文雄出面阻止，但是在懷恨在心的黑幫老大誣陷下，文良仍遭到憲警逮捕，飽受折磨後精神失常。

不久後，爆發二二八事件，文清因為交友關係被當局列入黑名單，遭到逮捕，因為不會說話而被釋放。倖存下來的文清經歷了獄友的生離死別，重新思考自己的人生意義，把遺物託付給家人，打算參與反抗團體的活動，後經摯友勸退。

之後，知道反抗團體的同志被逮捕並處刑，但是文清一家無處可逃，與妻子和剛出生的男嬰一同拍全家福照，三天後被逮捕，下落不明。故事就在整個家族的凋零下落幕。

父親出身的顏家就是在這部電影的舞台——基隆，從一九〇〇年代初開始，在九份經營礦業的地方望族。根據留下的資料顯示，一九一七年的金礦產量有兩萬一千零四十三兩，淘金潮吸引了不少人移居此地，直到在二戰結束後礦脈衰竭之前，九份一帶的繁榮景象甚至被稱為「小香港」。

本來就是和日本企業共同合資的公司，顏家與日本的緣分很難徹底切斷。我的祖父是立命館大學畢業的，或許是對日本懷著深厚情感，因此決定讓年僅十歲的父親到日本留學。也許對父親而言，去日本念書是從外地往內地移動，心情應該是一派輕鬆，絲毫沒有跨越國界的離愁。

直到一九四五年八月十五日日本戰敗為止，父親的人生軌道應當是朝著這樣的方向直線前進：結束日本留學生涯後，回到台灣繼承家業，擴大事業版圖。不料事與願違，受到歷史的翻弄，改變了他的一生。

日本戰敗當時，父親的朋友和老師在日誌上寫下題為「為了日本的重建」一文，以及日本戰敗的心境等等，可是父親卻沒寫半個字，絕口不提關於日本戰敗一事。取而代之的是，突然開始掉眉毛，最後臉上不留一絲眉痕。

醫院的診斷結果是「精神官能症」，似乎是因為日本戰敗受到強烈打擊。

接下來，在深秋之際，父親向一位友人如此說道：

「以前學校教的東西，好像都變成了謊言。」

「老師說，你們全是天皇陛下的子民，是高喊天皇陛下萬歲，去慷慨赴義的兄弟。戰爭結束了，你變成戰敗國日本的國民，我倒成了戰勝國中華民國的國民。根本不是什麼子民！我再也不是日本人，以後不去上課了。」

自此就不再去學校，在一九四七年五月遣返回台。

抱著希望回到故鄉，但是不久後爆發二二八事件，祖父被推派為台灣方面的代表，與國民政府交涉，扮演尋求和解的協調者角色，但是武力鎮壓一開始，就被列入三十位「首謀」之一，遭到通緝，被迫經歷長時間的逃亡。顏家的其他親戚也被捲入其中，受到危害，付出很大的代價。

一出生即被教育為日本人的父親，在長大成人後卻要否定自己的存在，而且二二八事件也帶給他很大的衝擊。被兩個國家撕裂的身分認同意識問題持續困擾著的父親，也使得他往後的人生軌道轉了個大彎。

雖然在電影裡描寫的二二八事件是片段的，卻足以窺見為人民留下又大又深的歷史創傷。

電影中，文雄說了一句話：

「本島人最可憐，一下日本人，一下中國人。」

簡直講出父親的心聲，當我知道當時也有很多人深有同感，初次可以稍微瞭解父親的心情。

還有，在這部作品裡登場的很多人物與父親的大家族有相似之處。例如在文清的婚禮出現了纏足、穿黑衣裳的祖母人物，和我家族照片裡的曾祖母幾乎一模一樣。上海黑道穿的三件式西裝，還有帽子跟拐杖，和祖父的相同。其他像日本人穿的和服和台灣人穿的旗袍，和過去祖母穿過的非常相似。

電影對白大多是台語和日文交錯，這和不會說中文的祖父、祖母、父親的情況如出一轍，感覺非常熟悉。

對我而言，只有在照片裡看過的一些情景，在電影裡伴隨著聲音真實重現，在梳理父親在戰爭前後經歷的精神糾葛時，感覺更加貼近了一些，不再是單純的想像而已。

電影的最後一幕是旁白念著寬美（文清之妻）寫給阿雪（文雄女兒）的信件內容，令人印象深刻。

「……九份開始轉冷了，芒花開了，滿山白濛濛，像雪……」

到了秋天，滿山盛開的芒草，九份的景色令人驚嘆。

斜坡上坐落著零散的家屋，從細長蜿蜒的山路往下看，還可以看到港口的美麗景色。雖然大家都說台灣是副熱帶氣候，很難感受到四季的變化，但是九份不同。父親身為日本人在日本度過多愁善感的少年時代，對他而言，九份可以讓他回想到最愛的日本吧，我不禁如此想到。

電影《多桑》是吳念真導演在一九九四年完成的作品，主角連清科，家裡都是稱呼他的日本名SEGA，故事是從兒子文健對父親的回想拉開序幕。

順帶一提，「多桑」是日文裡「父親」的音譯漢字，台語也直接沿用了日文的發音。

一九二九年出生的SEGA，在一九五〇年代從嘉義隻身前往金瓜石挖金礦，之後去九份當礦工。即使知道採礦伴隨著生命危險，但他用他的方式及時行樂，生活也還過得去。可是，隨著時代的改變，煤礦的需要減少，礦坑也關閉了。

到了八〇年代，SEGA的年紀也大了，因為長期在礦坑作業而罹患矽肺病，反覆進出醫院，當他知道自己的生命所剩無幾之後，決定帶著妻子和過世老友的骨灰前往憧憬已久的日本。

他一直夢想著要去看「富士山」和「皇居」，卻敵不過病痛折磨，在出發前病發住院。幾個月後，再度被送入加護病房的SEGA從醫院一躍而下，結束生命，結尾令人不勝唏噓。

其實，這部電影是吳念真的家庭自傳，而SEGA是以他的父親為原型。從他的觀點，來描寫這位在日本統治下的台灣出生，接受日本教育的父親，從一家子的日常如實反映出在戰前戰後面臨到的劇烈變化。

例如，電影一開頭就說：「多桑這一輩子，只要有人問他你今年幾歲了？他都習慣說：我是昭和四年生的……」。還有，他一邊拍打著發出雜音的收音機，一邊自言自語說：「人家日本製的，用上十年來也不會壞。」在在顯示出對日本懷著濃厚的情感。

電影的前半段是以說日文和台語的多桑世代為中心，到了後半段，就轉移到說台語和中文的世代。其中，有一個場面是多桑和兒子文健，以及孫子三個人坐在客廳。吃著蛋糕的孫子聽不懂多桑說的台語，他感嘆地說：「兩個台灣人卻生個外省兒子。」在中間幫忙溝通的文健開玩笑說：「我以後會叫他念日文系。」在語言隔閡上凸顯出三個世代的差異。

多桑是昭和四（一九二九年）出生，我的父親是昭和三（一九二八）年出生。面對自己身處的周遭發生巨變，多桑心中的感慨簡直就是父親真實體驗的。

多桑和我的父親有所重疊。

父親也在二戰結束後回到台灣，因為不會說中文，在繼承家業的過程中飽受艱辛，雖然也有其他因素，但是在重要會議上必須說中文一事，帶給他相當大的壓力，導致後來經常不去公司，沉溺於酒精，把自己關在房間裡。

在戰後的台灣，懷念日本統治時代，崇拜日本文化的世代逐漸走向凋零，失去了方向，那種心情貫穿了整部電影。

多桑在金瓜石擔任礦工，那裡是瑞芳李家經營的礦坑，這座礦坑與基隆顏家曾經並列為台灣礦業的兩大巨頭。

電影裡，當時年紀還小的文健，看著父親走進巨大坑道的身影時，如此回憶道：

「其實金礦濕濕涼涼、黑黑深深的坑洞常讓我想像成一隻怪獸，它好像把多桑還有其他叔叔伯伯都吞進去了。」

我還記得小時候曾經被父親帶到九份的坑道。站在入口，陣陣涼意襲來，不管我怎麼努力想看清楚前方，但是裡面被黑暗包圍，探照燈發出的亮光，就像是怪獸的眼睛，越看越恐怖。

童年時的吳念真透露出的心情，喚醒了我內心的記憶。

因為戰後禁止金礦的自由買賣和煤礦產量嚴重衰退，一九七一年十二月，顏家正式結束九份的採礦事業，決定關閉礦山。

現今九份的大部分土地還是屬於顏家所有，可是過去曾被稱為炭王金霸的榮景已不復見。目前僅存的大概就只是一九三七年興建的「台陽礦業事務所」，而這棟建築也於二〇〇三年被指定為歷史建築物。

「台陽礦業事務所」位於現在最熱鬧的九份主街徒步約五分鐘的地方，事務所後方的「八番坑」是九份在鼎盛期金礦產量最多的坑道。

到目前為止，曾好幾次前往事務所，直到有一次才注意到牆壁掛著《八番坑口的新娘》的電影海報。

詢問瞭解當時狀況的公司員工，得知這部電影是在八番坑和周遭地區取景。甚至，經過詳細調查之後，發現是在一九八五年拍攝的，編劇也是吳念真。

故事主角是一位自願從台北轉調到九份派出所的警察，和住在九份、精神異常的寡婦。

一開頭，警察被長官問及：「你怎麼會選那麼偏僻的地方呢？」後來寡婦又對關閉的坑道口喊丈夫的名字，透過這些畫面，可以推測時代背景的設定應該是在礦山關閉後的一九七〇年代到一九八〇年代之間吧。

個性木訥耿直的年輕警察江萬水，在他任職的九份派出所前，每天都會看到阿鳳默默拿著掃把從九份一直掃到瑞芳。

為什麼阿鳳會有那樣的行為，他感到不可思議，於是詢問街上的居民。才得知阿鳳因為當礦工的丈夫死於礦坑意外而發瘋，又遭到村內男性一再侵犯而生下一子一女的殘酷真相。

善良的江萬水同情阿鳳的遭遇，決定和她結婚，故事迎來尾聲。

當時的九份人口不過數千人，與過去曾被稱為小香港、人口有五萬多人的時代相比，繁華褪盡的街道顯得凋零冷清。

「這條小街上就開了二十七間酒家，每晚都有為了喝酒和粉味的男性蜂擁而來。」「身上不帶現鈔，只帶著金塊，看上哪個女人就切一塊給她。」片中有一位當地警察提起過去的榮景，令人印象深刻。

電影裡江萬水任職的九份派出所就在台陽礦業事務所的正後方。阿鳳拿著掃把清掃的道路被稱為輕便路，是一九三〇年代我的曾祖父為了從九份運送金礦和煤礦到瑞芳而鋪設的路。

還有，礦工們的住家外牆是用煤焦油塗抹，這對我來說也是熟悉的風景，透過這部作品，可以窺見作為炭王金霸的顏家經歷過盛衰榮枯的歷史軌跡。

前陣子，我站在「八番坑」前拍了張照片，坑口上方的石匾刻著「八番坑」，落款為「明治三十三年開」的文字，至今仍保存得相當完整。坑道口外被深綠色的苔蘚覆蓋，樹齡超過百年的榕樹盤根錯節，看著眼前這座功成身退的百年坑道，宛如被賦予了生命般，似乎想對我訴說著什麼。

一開始是出於想要深入瞭解父親的動機，透過電影，追溯到顏家的歷史，巧合的是，上述的三部電影都是由吳念真擔任編劇。

吳念真的父親和我的父親都是同年代的人，過去都曾在九份、金瓜石的金礦與煤礦坑的工作過，而且吳念真本人也是在這裡出生成長，度過人生的重要時期等等，有不少要素是和顏家相通的。

二〇一一年，我和吳念真導演有了見面機會，當時自我介紹說：「我是顏妙。」他聽了立刻問道：「是基隆顏家嗎？」之後在我們的對話過程中，才知道他對顏家的事情相當清楚。

九份得以重新復活的契機，是因為侯孝賢導演和吳念真編劇的《悲情城市》，作為取景地的是由三百六十二階石階構成的豎崎路，之後坡道兩旁的茶藝館如雨後春筍般冒出，發展成熱門的旅遊景點。

拜吳念真所賜，這些以金瓜石、九份為背景的電影，讓我對父親經歷過的時代有所瞭解。

我覺得近年來的台灣電影似乎出現了追求合乎大眾品味的內容和本土色彩強烈的兩極化現象。像是二〇一一年，除了《賽德克·巴萊》是描寫發生於日治時代的霧社事件之外，就沒有其他涉及歷史題材的作品。

經歷日治時代，同時會說日文和台語的世代邁入老年，平均年齡在九十歲以上。希望有朝一日能看到以年輕人的觀點，再次以現在的九份為舞台的國片問世。

父親的故鄉——雨港基隆的變化

我的父親是台灣人，在基隆出生。

漢字寫「基隆」，日文的「キールン」則是依照英文的 Keelung 發音拼出來。喜歡台灣的日本人或許有聽過這個地名，可是年輕一輩的應該很陌生。但是，對我的家人而言，是再熟悉不過的兩個字。

因為這裡也是我父親生長的故鄉。

基隆市是在台北的北北東方向，距離約三十公里的位置，周圍被新北市環繞，面積並不大，是台灣最北端的都市。從台北開車或搭乘公車的話，大約四十分鐘即可抵達。人口約四十萬人。以天然良港出名的「基隆港」附近一帶發展出熱鬧的市中心。面臨太

平洋，三面環山，九成以上是丘陵地帶，從海上吹來潮濕的風遇到山脈阻擋而降水，所以基隆的街道總是下著雨。

過去，曾被形容為「木屐穿出門，不怕泥濘路」或「基隆天，雨傘倚門邊」般，給人的印象是一整年都在下雨，因此也被稱為「基隆雨港」。

但是，聽說近年來受到地球暖化影響，雨水並不像以前那麼多。

十七世紀，西班牙人和荷蘭人先後從基隆登陸，占領沿岸一帶，並且築起堡壘。之後，來自中國的漢移民開始移入、開墾，形成了市街。日治時代後，總督府積極著手基隆港建設，蛻變為現代化港灣，作為與日本進行內地貿易的樞紐，越來越蓬勃發展。

二戰後，貨運量減少，停靠在基隆港的船隻數量也大不如前，約有將近三十年成長停滯。基隆港的榮光經歷繁華落盡之後，整座城市黯然失色。

有一天，這樣的基隆也迎來轉機。

二〇一四年，在基隆土生土長的林右昌選上市長。一九七一年出生的林市長年輕有為，打出口號讓基隆市再度成為國際都市、再開發基隆港周邊、讓國際郵輪紛紛停靠，化身超級業務員積極行銷基隆。港口附近的基隆車站改建後煥然一新，現代感的設計充滿活力，作為台鐵南北縱貫鐵路（西部幹線）的起點車站，恢復昔日的熱鬧景象。

長久以來，很多基隆人通勤到台北上班，可是近幾年有越來越多的年輕人返鄉發展，選擇在故鄉創業的人也開始增加，為基隆帶來復甦氣象。

在基隆港附近，林立了新開的時尚咖啡店和餐廳。在這裡介紹我推薦的私房景點。從港口一直往南走，走到鬧街的盡頭處，渡過基隆河的支流，可以看到一間氛圍獨特的咖啡店「Eddie's Café Et Tiramisu」，四周都是普通的小吃店，給人一種萬綠叢中一點紅的驚豔。居民把河的對岸那區稱為「街仔」（台語），車水馬龍，但是越過河的這區與市區有段距離，人潮減少許多。

入口處是芥末黃雙扇門，上面掛著黑色招牌，讓人聯想到義大利小酒館。

店主Eddie（陳紹基）在基隆出生，今年五十一歲。他高中畢業後就到台北工作，過著幾乎與基隆不相干的生活。他的祖父和父親這兩代在咖啡店附近的菜市場，從事雞鴨等家禽類的批發工作。

「這裡以前是屠宰場。」

店內正播放著優雅的爵士音樂，瀰漫陣陣咖啡香氣。不敢相信這裡以前曾是屠宰場。

但是，Eddie認為殺生不好，下定決心不繼承家業，從自己這代開始經營咖啡店。畢竟他原本就對雞尾酒與咖啡有所涉獵，在台北也是從事餐飲工作，所以不全然是門外漢。也是因為這個關係吧，看著他在店裡忙進忙出，為顧客提供無微不至的服務，不管是咖啡或蛋糕，都品嘗得到他的用心。

店內空間可容納約十五人，深受當地人歡迎，到訪當天幾乎座無虛席。

「在基隆能放鬆地喝上一杯好咖啡的地方，大概只有這裡吧。」

坐在旁邊的兩位大叔如此說著。

有點歷史的咖啡店，有不少是會讓人聯想到昭和時代的「喫茶店」，像這間舒適高雅的咖啡店仍是少數。

若提到美食，代表基隆的「廟口夜市」遠近馳名。雖說是夜市，其實從清晨到深夜都能看到基隆廟口的許多攤位上擺著剛捕獲的海產，很多人甚至會專程從台北繞過來享受海鮮料理。

雨港基隆的印象逐漸褪去，迎接轉換期的基隆。就像是台灣本身的魅力在於傳統和新時代的兼容並蓄，新舊共存的基隆絕對值得到此一遊。

九份，改變的時刻到了

「妙桑，帶我逛逛九份吧。」「真想跟一青小姐去九份玩。」

每次遇到有人這麼說，都會令我心頭一沉，因為我對如今的九份並沒有特別眷戀，不足以勝任地陪。

九份這座小鎮位在新北市瑞芳區的山間地帶，距離台北車站約一小時車程。舉凡關於台灣的旅遊手冊，多半會刊登九份主要街道上連綿的紅燈籠，以及有著陡峭石階的九份街景照片。人們普遍相信九份是吉卜力工作室動畫《神隱少女》的取景地（據悉事實並非如此），在日本人之間，九份有著不動如山的響亮名氣，說是象徵台灣的觀光景點也不為過。

然而，我卻無論如何，都沒辦法喜歡現在的九份。

每次帶朋友或日本親戚去九份，總令人滿是失望。

「沒有」、「趕快」、「不知道」、「不行」耳裡聽見的盡是店員殺氣騰騰的聲音，沒有一絲一毫的人情味。大概是因為這裡不需要費心宣傳，觀光巴士就會一輛輛載來大批顧客所致吧。整條九份老街，充斥著肅殺的氣氛。

觀光客的眼光其實很挑。到處都看得到的紀念品，其他城市也吃得到的食物，喧嘩的店員爭先恐後地搶客人。實際走訪大失所望而覺得「去過一次就夠」的人，恐怕不在少數。

我一直覺得這些總有一天會遭到反噬。

我的家族受九份庇蔭，曾一度茁壯為台灣的五大家族之一，隨著九份壯大，顏家亦同樣茁壯。九份有一座石碑，讚頌我曾祖父顏雲年的一生功業，此外還有一所由我祖父顏欽賢捐款建成的「欽賢國中」。對我而言，九份一如我的故鄉，而我也對九份有著特殊的眷戀。正因如此，九份的未來令我憂慮。

相傳九份的地名，源自於這裡本來僅有九戶人家，向貨商訂貨總訂「九份」而得名。九份成為熱門觀光景點的契機始自三十多年前，台灣電影大師侯孝賢選擇在九份拍攝電影《悲情城市》。這是首部以二二八事件為題的電影，在國際博得好評。於是，原本沉靜的小鎮九份，就此踏出躋身觀光景點的第一步。

九份也曾有過興旺的過往。剛進入日治時期，日本明治時代的關西財經鉅子藤田傳三郎看中沉眠於九份地底的黃金，創立了「藤田合名會社」開挖金礦。後來，我的曾祖父顏雲年接收了藤田組在九份地區的大半採礦權，創立「台陽礦業株式會社」，挖掘黃金，並以此致富。

一九一七年是九份黃金產量巔峰，以東亞第一金礦山之名盛極一時，淘金熱吸引數萬民眾遷來九份，學校、電影院、商店、酒樓如雨後春筍般而出，繁榮興盛的光景，甚至被譽為「小香港」。

採金礦業進入一九七〇年代後關閉，璀璨的霓虹燈徐徐消逝，九份重回空閑寧靜。

小時父親曾帶我去過九份。山腹處設有辦公室，礦車上堆著石塊與砂石之類的東西，一旁還停著挖土機。即便量不多，那時仍在開採石炭。我想要父親的那頂工地用安全帽，拿來戴著卻又發現過大，讓我看不到前面而嚇哭。周遭完全沒有任何賣紀念品的商店。九份向來多雨，民宅屋頂與牆壁黑鴉鴉塗著防漏水的柏油，日光映照下黑得發亮，看來有些寂寥，在心裡留下深刻的印象。

如今正值九份的第二春，然而究竟有多少人知道，這裡原本是座「金礦山」呢。九份是台灣代表性的觀光景點，但相關資源的整備卻又落後了好幾哩路，完全不夠。其中交通問題尤其嚴重，通往九份的山路狹窄，只要大型巴士會車，就會立即堵塞交通。停車場的數量也不夠，每逢假日，出借私有地充當停車位置的人層出不窮。

這裡沒有大型住宿設施，但從斜陽西下至入夜時分的景色可說是九份的一絕。橙紅色的夕陽餘暉灑落群山，一旁的大海緩緩透出黃金色光芒，就像欣賞一幅美好的畫作，帶給人心靈的平靜。籠罩在漆黑夜色中的老街，點亮盞盞紅色提燈，整個氣氛彷彿還聽得見往昔金礦之城榮華時的歌聲與笑語。低頭俯瞰漁港，漁船的燈火在水面上漂浮擺盪，看來心神舒暢。而黎明時的九份襯著朝露，又是另一幅夢幻而寂靜的景色。

曾幾何時「半日遊」卻成為九份的標準行程，無法讓觀光客體驗夜晚的九份魅力。九份的另一種風貌必須在此過夜才看得到，但絕大多數的人都在水洩不通的商店街裡死命行走，最後耗盡力氣返回台北，真的非常可惜。

就像這樣，不同於外國人對九份的喜愛，我的台灣朋友對這裡總是興趣缺缺，甚至有不少人表示「九份到底哪裡好玩？」或是「九份什麼都沒有」、「只有帶日本朋友觀光時會去」。

另一方面，同樣曾是盛極一時的金礦山，九份旁的「金瓜石」卻完全不同。金瓜石有「黃金博物園區」，遊客能實際走入一小段坑道，或是親身體驗淘金，深刻認識金瓜石曾為金山。

日治時期的建築物與神社，還有整座街區都完整保存，令人遙想過往風光，有助於認識歷史。金瓜石也有商店，但不像九份那樣嘈雜。這裡還有曾是冶煉廠的十三層遺址，金瓜石有著只能在當地體驗的獨特魅力。

單論名氣恐怕比不上九份，但金瓜石身為觀光地的價值高出許多。當熱潮褪去，九份很可能會被人們遺忘得一乾二淨。

到底該如何讓九份成為更迷人的觀光景點呢？方法之一，就是活用它身為「產業遺產」的價值。九份身為產業遺產卻完全沒有好好善用這份魅力，這正是問題之所在。

這陣子我走訪了日本的佐渡金山與島根的石見銀山參觀。佐渡金山幾乎可說是礦山的主題樂園，遊客可以走入地底，四處參觀占地廣大的炭坑遺跡。石見銀山則不愧為世界遺產，原封不動地保留著礦山往日的模樣，江戶時代的武家建築與代官所遺跡，還有因銀山致富的富商宅邸等林立各處，其中還有翻修古老民宅而成的民宿與餐廳。兩地都有解說當地歷史的觀光導遊常駐，成為相當耐人細看的觀光景點，有非常多值得九份借鑑之處。

最重要的或許是該由居住在九份的「人」來帶頭推廣。只要當地居民對自己居住的地方有愛且引以為傲，這份對鄉土的愛便會孕育出對土地的認同，使家鄉之美自然而然地廣傳。

許多九份居民都在此地生根已久，然而，這些居民與依賴觀光業維生的民眾，彼此之間的連結至今仍嫌薄弱，或許也互有不合之處，在這點上我們顏家也難辭其咎。九份至今仍有大半土地歸顏家所有，與九份有著深厚淵源。

很久之前，政府當局曾提出一項提案，要在九份架設纜車，讓人們能一邊眺望山麓與老街的風光，並以更便捷的方式抵達九份，但最後因為各種條件難以整合未能實現。此外，也曾有過來自其他企業的九份開發提案，但就我所知，顏家未曾在攸關九份未來的事上，扮演過領頭羊的角色。

不過事情也並不全然如此悲觀，九份人之中並不乏胸懷大志的民眾存在。許多藝術家愛上九份的風景與氣息，而遷居至此。這些移居者在經營茶藝館與民宿的同時，也質疑今日九份的模樣，正努力打拚，試圖孕育出屬於九份的獨特文化。

整頓能收容足夠旅客的住宿設施；打造九份身為台灣金礦山，繁榮於日治時期的品牌價值；解決停車空間問題；建設能傳遞九份歷史的九份博物館。

我覺得，九份要改變就在現在。

該如何把九份打造為更迷人的觀光景點，各種創意不斷湧出。

在九份的黃金與石炭開採走到終點後，顏家沒能順利轉換事業軌道，顏家企業已經悄然走下舞台。然而，九份的歷史正是顏家的歷史。若顏家不替九份出聲出力，還有誰能辦得到呢。今後，顏家會在九份的發展過程中扮演什麼樣的角色？不才小輩我，也希望能試著從顏家內部發聲喊話。

我想要好好努力，和那些對現今九份抱持危機感的台灣人攜手合作，讓想帶朋友走訪的「我的九份」，有一天能美夢成真。

新九份和顏家第二章

二〇一五年四月中旬，我一大早從東京羽田機場出發，搭乘華航飛往台北，早晨的東京仍帶著涼意，台北已是汗涔涔的盛夏氣息。雖然炎熱的天氣讓人全身倦怠乏力，但是一踏出機場我直接前往台北市內的公司，參加「顏家」的董事會。

「關於興建飯店一事，設計圖已經出爐了。一間客房的大小預定為十坪，總共有一一八間客房。」

「停車場可以容納幾台車呢？」

「二十五台。」

「數量上可能不敷使用。」

「設計費需要付多少錢？預定什麼時候完成？飯店的總造價是多少？」

董事會上，大家熱烈地討論著在九份興建飯店的開發案。

我是「台陽股份有限公司」的董事之一，這是基隆顏家經營的公司。一開始是日治時代的曾祖父成立，在九份和瑞芳一帶，以開採金礦、煤礦起家，奠定事業的基礎。

日本戰前有像三井和住友這樣的財閥，而台灣也有五大家族。每個家族都發展了具有相當規模的事業，並且累積可觀財富。從日治時代開始，即使經歷戰後國民黨獨裁時代，甚至是直到現在，也都和政壇維持深厚關係，在台灣社會扮演舉足輕重的重要角色。

基隆顏家，就是其中之一。我父親出生為顏家第三代的長男，卻不幸地在我十四歲時因肺癌過世，我成年後，就繼承父親的職位成為了董事之一，雖然有一半是掛名而已，但是固定每年參加年度董事會。順帶一提，一青妙是我在日本的名字，從母姓，而我在台灣是使用父姓，叫做顏妙。

九份，因為侯孝賢導演的電影《悲情城市》（一九八九）而一躍成名。之後，日本動畫大師宮崎駿導演的《神隱少女》（二〇〇一）的場景，傳聞也是在此，對日本人而言更加親近。現在成為台灣的觀光聖地之一，相當受到國內外遊客歡迎。

山腰上一條蜿蜒小徑，兩側都是茶藝館和物產店，還有很多小吃攤販，熱鬧不已。罕見三樓以上的建物，整體街景瀰漫濃濃復古風情，空氣清新舒暢。

即使是夜晚，放眼望去山腳下的基隆嶼，漁船燈火點點，充滿浪漫情調。還有，在屋頂木板上鋪設一層油毛氈的傳統民宅，許多藝術家從台北移居至此，在步調悠閒緩慢的時空創作。

若是追溯至五十年前的九份，當時的面貌和現在截然不同。從日治時代到一九六〇年左右，九份有東亞的第一金都之稱，盛極一時。曾經因為淘金熱而吸引數萬人蜂擁移居，當時的繁榮景象甚至被稱為「小香港」。我曾聽老員工提及過往盛況，到了夜晚四處都是喝酒的地方，礦工的嘹亮歌聲此起彼落，而且身上不帶現金，用金塊來付帳。

至於地名的由來，據說是在發現金礦前的清朝時代，九份山上只有九戶人家，外出到市集買東西時，每樣都要「九戶份」，才變成現在的「九份」。

基隆顏家，既是九份礦山的所有人，同時也經營公司。隨著時代的推移，金礦和煤炭的產量大幅減少，一九七一年十二月關閉礦山。之後，雖然朝著客運公司或海運公司等多角化經營，但是到現在為止，這些公司幾乎都已關閉，目前只有管理曾是礦坑的九份土地而已。

顏家要如何重新活用在九份的這片廣大土地？這是叔叔六年前就任為董事長的一大目標，在思考了多種可能性後，他傾注全力推行的計畫就是九份的再開發事業。

例如，搭建纜車來吸引更多觀光客到九份一遊，或是像興建黃金博物館這樣的展覽館等，有相當多點子。但是，一旦進入細項討論時，往往遇到阻礙，無法付諸實行。

實際上，來到九份觀光的國內外遊客絡繹不絕，到目前為止卻沒有大型飯店，這一點讓我感到不可思議。或許是因為從台北到九份，開車只要一小時半就能抵達，通常會選擇當天來回，因此對住宿設施的需求並不高。即使如此，身為在九份採礦起家的顏家後代，真心推薦大家可以特地來這裡住上一晚，遠離都市喧囂，充分享受寧靜和體驗九份的魅力。

位在標高約六百公尺的九份，空氣澄淨。即使是盛夏，清晨和夜晚吹拂的涼爽空氣讓人心曠神怡。而且，這裡的朝霞和晚霞，變幻多端的雲彩彷彿置身於夢境，絕對值得。還有，夜晚時半山腰上的民宅燈火點點和滿天星斗，相互輝映，讓人流連忘返。

現在的九份只有民宿，希望不久的將來，大型飯店能順利完工，讓大家方便到九份過夜，而我作為顏家的一份子也想盡一份心力。我相信如果飯店興建完成的話，顏家也將邁入嶄新的第二章。

出席二二八事件七十週年紀念儀式所感

即使是到現在，二月二十八日對台灣而言依然是個特別的日子。一九四七年發生幾乎撼動台灣歷史的二二八事件，在二〇一七年滿七十週年，舉行了盛大的中樞紀念儀式，我身為「被害人家屬」的一員出席這場活動。

二二八事件是大時代悲劇，牽扯著錯綜複雜的歷史。一九四五年二戰結束，日本投降，台灣被由國民黨統率的中華民國政府接收，全島的台灣人民歡欣鼓舞慶祝「回歸祖國」。然而，國民黨的統治蠻橫粗暴，社會動盪不安，通貨膨脹嚴重。導火線是台北賣私菸的婦女遭查緝員打傷，台灣人民日積月累的不滿就此爆發，衝突擴及全台。

我是直到最近才知道，原來在這場鎮壓行動裡，死亡人數超過兩萬人，而且對父親

顏惠民和祖父顏欽賢——「基隆顏家」的影響甚鉅。

父親和祖父都已過世，也不曾從他們口中聽到任何與二二八事件有關的事。這幾年，因為寫作，接觸台灣史料的機會增加，發現祖父與事件有關的始末。

日治時代，基隆顏家因為在九份開採金礦、煤礦而發達。在二二八事件爆發之際，身為當地仕紳的祖父被地方推派為事件處理委員會代表，向國民政府傳達台灣人民訴求。但是，當軍隊開始在各地展開武力鎮壓，他卻被列入三十人首謀名單之中，遭到通緝，有段時間被迫過著躲躲藏藏的逃亡生活。其他，還有幾位親戚被冠上莫須有的罪名入獄，也有人是花了一大筆錢行賄才保住一命。

從幼年時代就到日本留學的父親，在二二八事件發生不久後回台。只是，過不到兩年就偷渡去日本。之後，將近二十年不曾再踏上台灣的土地一步，即便與母親結婚，他的心病也無法痊癒。

父親為什麼當初會毅然地離開台灣，再度重返日本呢？我想知道真相，現在我仍鍥而不捨地追查顏家和二二八事件的關係。

雖然父親的友人多半已不在人世，但是我從尚健在的部分人士或他們的家人口中聽到的描述，逐漸浮現出輪廓。

根據推測，從日本回台的父親對於眼前的現狀絕望，因此參加了由反抗國民黨的共產黨所組織的地下活動和秘密的讀書會。二二八事件後，台灣社會籠罩在被稱為白色恐怖的肅殺氛圍中，國民黨為了剷除異己進行大規模的整肅迫害，父親害怕被舉發為異議份子，擔心生命遭受威脅，所以才逃亡日本的吧。如果這個推測是真的，就可以合理解釋父親採取這些行動的背後動機。

目前，還沒有取得父親參加讀書會等活動的直接證詞，只知道父親周遭有好幾位關係人，也有好友遭到逮捕監禁。

紀念活動是在台北市中心的二二八和平紀念公園廣場前舉辦，這是我生平第一次參加。蔡英文總統的致詞裡提到：「我希望有一天，真相會得到完全的釐清。」現場民眾全神貫注地聆聽著。

如果父親在場的話，心中是怎麼想的呢。是欣慰？還是，因為憤怒而渾身打顫？我忍不住猜想著。

為了重新拼湊父親的過往，今後也將繼續探索他曾留下的足跡。沒有留下隻字片語就離開人世的父親，說不定不希望我這麼做，即使如此，我還是想要深入認識記憶中模糊的父親。正因為如此，我絕不輕言放棄。

顏家與二二八事件——追求祖父與父親的真相

我的父親是台灣人，姓「顏」。在台灣，姓顏的人並不多，但與許多台灣人一樣，祖先來自福建省移民，落腳在離台北不遠的基隆瑞芳一帶。

我的中文名字是「顏妙」，接著介紹說：「我的父親是基隆出身」時，常有很多台灣人當下的反應是問：「該不會是那個顏家吧？」因為基隆顏家是台灣五大家族之一，日治時代在靠近基隆的九份、金瓜石採礦致富。

在顏家，有一條「家訓」是：「不碰政治」。

戰後，從中國撤退來台的國民黨政府實施一黨獨裁的統治，除了顏家外的大財團，和政府保持良好關係，順利擴大事業版圖。然而，當時顏家的掌門人顏欽賢（一九〇二～

一九八三），我的祖父反而與政治保持距離，就像在時代洪流中逆行，事業發展沒那麼順遂，規模逐漸縮小，始終維持著一貫的低調作風。也許是這個緣故，顏家在五大家族裡也是最沒落的存在。

我聽說祖父是個好酒量、海派、熱心助人，且能言善道的人，但缺點是喜歡說大話。憑藉他的手腕，本應能讓顏家的事業版圖更加擴大。實際上，卻一路走向衰頹，原因為何？對此，我一直很疑惑，在調查家族紀錄的過程中，發現問題的癥結可能與二二八事件有關。

二二八事件，發生於一九四七年，在當今台灣社會幾乎是眾所皆知的台灣現代史重大事件。即使是只講數字的「二二八」，也能知道是指這起歷史悲劇。就像在日本提到「八月十五日」，自然會聯想到「終戰日」，感覺很相近。

這起事件徹底改變台灣人民的命運。一九四五年，二戰結束，台灣人脫離日本統治，被國民黨領導的中華民國接收。起初，全島上下無不歡天喜地慶祝「回歸祖國」。然而，現實是殘酷的，國民黨的壓榨與暴行層出不窮，經濟倒退，嚴重的通貨膨脹等諸多因素，造成官民對立日益加深。

事件起因是台北有位販賣私菸的婦人在警察查緝時被打傷，導致人民日積月累的不滿爆發，衝突不斷擴大並擴及全台。之後，在軍隊的武力鎮壓下動亂平息，罹難人數超過兩萬人，為台灣歷史留下不可抹滅的傷痕。

我想要知道二二八事件與顏家的關聯，但四處詢問親戚的結果，得到的回答卻是：「調查那個，能做什麼？」表情相當嚴肅。總之，大家似乎都避之不談，唯一可以確認的是，顏家是在二二八事件後，決定「不要碰政治」的事實。

如果無法從別人口中知道答案，那我只好親自調查。

我走訪了位在台北市中正區的「二二八和平公園」，從台北車站往南走，距離不到一公里的地方。我到訪了園區內的「台北二二八紀念館」，前身為台灣廣播公司（日治時代的台北放送局）的廳舍。二二八事件發生時，憤怒民眾透過廣播對外發出控訴，進而引發全台反抗活動，在事件中扮演相當重要的角色。

紀念館裡展示著與二二八事件有關的珍貴史料。我在那裡看到了祖父的名字。表冊名稱為「台灣省二二八事變自新份子名冊」，上面寫著密密麻麻的一大排人名當中，祖父的名字剛好在正中央最醒目的位置。

姓　名　**顏欽賢**

略　歷　**台陽董事長**
民社黨台灣省黨部主委

犯罪事實　**二二八事變處委會委員**
組織煤礦忠義服務隊反抗政府

住　址　**基隆市**

看到「犯罪事實」這四個字時，內心受到極大衝擊，整個人僵住。祖父也涉入二二八事件，被當作是「犯罪者」。

「忠義服務隊」表面上是民眾在動亂中為了自衛和維持治安而組織起來，實際上是隸屬於情治單位進行反間工作。

但是，表冊上的「自新」究竟是指什麼呢？單從文字來看，讓人摸不著頭緒。後來經過調查，在二二八事件爆發後不久，國民政府發布自首自新辦法。自首是主犯在犯罪之事實尚未被舉發以前，自行向警察或檢察官坦承犯罪，受其裁判，准予減刑。而自新有改過自新、重新做人之意，盲從附和或被迫參加的從犯可按照規定程序辦理自新，宣誓自新者會被頒給自新證，不予追究並且予以保護。祖父也是「自新份子」之一。

「自新」這項事實，讓祖父與二二八事件的關聯浮現出更具體的輪廓。在二二八事件中，祖父被列為首謀之一，之後透過宣誓自新，才得以免罪。

接著，我詳細調查了有關祖父參加的二二八事件處理委員會，透過檔案開放應用申請等方式，拿到第一手資料。

處理委員會是由當時台灣本土的有力人士和知識分子為代表，在事件發生的次日三月一日成立的組織。委員會向行政長官陳儀提出政治改革的要求，但是陳儀表面上釋出協商談判的誠意，其實是等待從中國大陸派來的援軍到後，態度轉為強硬，命令其解散，把主要成員一一列入通緝名單，並且大規模行使武力鎮壓。

包括祖父在內的委員會成員知道生命受到威脅，被迫四處逃亡。聽說裡面有不少人在被正式逮捕之前就下落不明，其實是暗地裡遭到處決。

於是，祖父變得有家歸不得，雖然不知道他選擇逃亡的確切日期，但是一九四七年四月九日，由台灣省警備總司令部發布的公告裡，祖父被列為「叛亂主犯」之一。在其他資料裡，祖父在兩個月後的六月同樣出現在叛亂在逃主犯的名冊中，也意味著祖父的逃亡生活至少持續了約半年之久。

那麼，祖父為什麼可以倖免於難呢？

顏家在基隆有一棟占地六萬坪以上的房子，以前有稍微聽說過是被政府沒收。我前往基隆市的法務局，調閱土地登記謄本，發現包括顏家基隆宅邸在內的多筆不動產，確實是在一九四七年四月二十一日全部轉移到基隆市政府的名下。

更令人驚訝的是，關於所有權移轉登記的理由欄竟然是一片空白，我向負責的法務局女職員詢問原因，她也露出納悶的表情說：「一般來講，登記理由不可能是『空白』

的啊。」

在「空白」的背後，應該有很多不能攤在陽光底下的秘密吧。為了保住祖父的性命，肯定在私底下有些交涉吧。

我從其他文獻中得知，父親的三弟顏惠卿也被逮捕過。一九三一年出生的他，發生二二八事件時不過十六歲。

「他不知道外面危險，走在街上就被帶走，但是很快就被釋放。」

之前我從親戚那裡聽過這件事，在親自詢問本人後，他只說：「當時沒有什麼東西被拿走或被拷問，但是在牢裡待了三個星期。」他能重獲自由，應該也是有什麼交換條件的吧。

我想當時的台灣人都面臨了痛苦的抉擇，像財力雄厚的祖父等，顏家的人還算幸運，若是換成沒有談判籌碼的人，就算是被冤枉，也得不到正義的審判就殞命了。

顏家何以跟政治保持距離的原因，終於有點眉目了。

二〇一七年是二二八事件七十週年，我以受難者家屬的身分參加在台北市舉辦的紀念儀式，因為祖父在二二八事件中名譽受損一事，直到最近才被承認。為了補償受難者本人或其家屬，台灣政府成立了財團法人「二二八事件紀念基金會」，我身為受難者的家屬依規定申請賠償金，雖然金額不多，但是比起金錢，更重要的是回復祖父的名譽。

不過，當我在家族會議上跟大家報告祖父被認定為受難者時，卻遭到某些親戚的責難：「真是多此一舉。」也許是受「家訓」的影響至深，他們才會有這樣的反應吧。即便如此，我相信祖父在天之靈，應該會為此感到欣慰。

二〇一七年二月二十八日，是在二〇一六年政黨輪替的民進黨籍總統蔡英文首次迎來的二二八事件紀念活動。她在台上致詞時，語帶堅定地表示要全力追查事件的真相，我當下就不自覺地流下眼淚。

父親知道祖父的處境艱困，在二二八事件發生不久後就從日本返台，在港口卻沒見到祖父迎接的身影，而且繼二二八事件之後，以「檢舉匪諜」之名進行白色恐怖統治，全台籠罩於肅殺氛圍，親眼目擊到就讀同所大學的同學被逮捕。於是，父親在台灣的生活僅維持兩年，之後搭漁船偷渡回日本。

在台灣，我找到了一位既是父親的同學也是好友的人，但是他在三年前過世了。從他太太那裡聽到，祖父是「用錢換回一條命的人」，因此遭受閒言閒語。在父親的友人裡，也有其他同學因為參加共產黨員的活動或是讀書會，坐了十幾年的牢。父親以偷渡這種不尋常的方式啟程到日本，很長一段時間不回台灣的原因，應該是對戰後台灣社會失望，還有與同學一同參加過讀書會，擔心會有生命危險才遠走他鄉的吧。

只是，父親是否真的有參加過讀書會，目前還沒有找到明確的證據或資料可以佐證。關於顏家與二二八事件的關聯，今後我也會奮力不懈地持續追查，希望有撥雲見日的一天，這也是我之所以出現在這裡的意義所在。我在台下一面聆聽著蔡英文總統的致詞，在心裡默默地對自己發誓。

不祥的預兆

原本就不是很相信神鬼之說，但我覺得人對於「不祥預兆」的感知能力真的存在。一直以來，即使是有感地震也搖不醒睡夢中的我，當雙親病危時，一陣顫慄向全身襲來，半夜不可思議地驚醒。有一陣子，心裡莫名掛念起某位朋友，平常很少會用電話聯絡，卻心血來潮打給她，聊了一下彼此近況，不久後就接到她驟逝的消息。

雖然這麼說有些不妥，以我的情況來說，在不祥的預感當中，尤其是關於親友離世的第六感似乎很準。

今年的日本黃金週假期長達十天，千載難逢，我打算在另一個故鄉台灣悠閒度過，於是搭機前往。

有位長輩住院了，因為曾經受他關照，也想順道探病，包括聯絡資訊、交通方式、探訪日期和時間都已敲定的隔天，他卻先走了一步，連最後一面都沒見到。

他是駱文森（一九三二～二〇一六），享年八十四歲。駱先生曾在顏家經營的台陽礦業公司工作過，對於祖父和父親的事情相當瞭解。

「提到台灣的礦業公司，妳祖父（顏欽賢）的台陽礦業是裡面規模最大的。」

距今七年前，第一次遇到駱先生時，他如此說道。

顏家，我父親的出身家庭。祖先在十九世紀，從福建渡海來台，也就是所謂的本省人。從曾祖父那一代開始，就落腳在基隆市，在九份開採煤礦和金礦，累積財富。在戰前的台灣，屈指可數的五大望族之一，基隆顏家。

即使是現在，當我提到父親的姓氏為「顏」時，對方通常會說：「如果是基隆顏家的話，那應該是有錢人吧。」然而，我還是國中生的時候，祖父和父親相繼離世，因此對於父親那邊的親戚，我幾乎一無所知。隨著年齡增長，興起了尋根的念頭，四處尋訪認識祖父和父親的人，於是遇見了駱先生。

生於一九三二（昭和七）年，比父親小四歲，同樣是基隆人。二十五歲進入台陽礦業就職，之後和顏家的關係非常緊密。

在祖父接掌事業的時代，由顏家經營的相關企業曾一度接近百家，相當可觀，甚至被稱為台陽王國。可惜的是，進入一九七〇年代後，伴隨著能源產業的結構發生變化，煤礦產業也江河日下。金礦的開採量也減少，顏家的事業規模逐漸縮小。駱先生用淺顯易懂的方式細數顏家歷史，也說了以下的話：

「妳父親和妳祖父的個性截然不同，所以兩個人合不來。」

事業心強的祖父與文學青年的父親，就像是水火不容的存在。

過去，駱先生和祖父及父親一起眺望過的九份，成了台灣的代表性觀光地。傳聞這裡是宮崎駿的動畫《神隱少女》的取景地，在日本人之間也相當受到歡迎。一到週末，就像是在玩你推我擠的遊戲，擠滿國內外遊客。但是，又有多少人知道這裡曾經是礦工辛苦採礦的小鎮呢。

還記得當時情況的人幾乎都在八十歲以上，看著他們一個個凋零，心裡非常悲傷和落寞。

我前往駱先生的靈堂上香致意，他的家人送給我一本剛完成的口述自傳，並且告知，這是駱先生在生前千叮嚀萬囑咐要交到我的手上，心裡更加難受。

「妳身上流著妳父親的血，一定能寫出好書。」

我想起去年夏天駱先生對我的鼓勵，不料那次見面卻也成為最後一面。

或許是駱先生給的預兆吧。我在靈前雙手合十，心中默禱：「我一定會將你寫入文章裡，以茲懷念。」讓他留給我的回憶得以永存。

再見，三姑姑

二月初，同輩的堂親捎來消息，說在台灣的姑媽過世了，享壽七十七歲，死因是吸入性肺炎。

父親有四個妹妹。依著年齡由長至幼，中文通常喚作大姑姑、二姑姑、三姑姑、四姑姑。過世的是第三位姑媽，也就是三姑姑。

三姑姑身高只有約一百五十公分，皮膚白皙，一頭捲翹的自然捲配上圓潤的大眼，就像法國洋娃娃一樣可愛。親切和善，永遠笑臉迎人，她總是像朋友般和相差超過三十歲的我相處。

我的雙親因工作緣故常往返於台日。有段時間，當時在台灣念小學的我，不得已必

須離開他們身邊。一九三九年生的三姑姑也曾留學日本，日文流利，我便同這位和媽媽一樣、會對我說日文的三姑姑很親近，讓她帶著我一起上市場，或者一起玩耍度過那些日子。三姑姑並未結婚生子，這說不定就是她把我視如己出疼愛的理由。

三姑姑跟四姑姑一起住，就在離我家不到一百公尺的一間台北公寓。在公司上班的四姑姑常常不在家，照顧家裡養的兩隻大狼狗和帶牠們散步的工作，便都由三姑姑處理。很喜歡跟狗狗玩耍的我，也常和三姑姑一起出門溜狗。我常常遛狗到一半就撒嬌著說「想吃冰淇淋」，弄得三姑姑很是困擾。對三姑姑來說，就好像要照顧的狗狗從兩隻變成三隻，想來還真是辛苦她了。

成年後，每次返台我都會去三姑姑家拜訪。每次我對著電話說聲「三姑姑？我是Tae-Chan（たえちゃん）喔」，就一定會聽見一個稍高而響亮的聲音回應：「Tae-Chan（たえちゃん）！」聽見三姑姑喊「Tae-Chan（たえちゃん）」的這個聲音，總能讓我湧起一股難以言喻的懷念，彷彿回到童年時光。所以，即使沒什麼要事我也會往三姑姑家跑，順便向她報告生活近況。我們會聊聊天，然後出門吃飯，手挽著手一起走走。

三姑姑向來注意健康，早上去市場買東西前，日課就是要先去附近的公園一趟。很多台灣的公園裡，都鋪設有一種擺滿石子，可以赤腳在上面行走，刺激腳底穴道的步道。一起去公園時，那些石子讓我痛得只走得了幾步，三姑姑卻一臉泰然，輕鬆來回好幾趟，讓我很難忘。她也會做體操運動，所以年過七十也沒生什麼大病，元氣十足。

想不到大約四年前，姑姑在浴室跌倒，折斷腰骨，後來沒有動外科手術，靜靜等候骨頭自然接合。因為必須靜養，她變得整天足不出戶，連早晨的公園也漸漸地不再去了，徹底失去活力的她，越來越顯老態，就這樣失智了。

最後一次見到姑姑，是她過世前約半年。就算我對她說：「三姑姑，是Tae-Chan（たえちゃん）喔。」她也沒有回應，眼睛緊緊盯著遠方的一處看。

而老老相顧的日子，讓同住的四姑姑感到體力負荷超出極限，於是把三姑姑送到照護設施。隨後不久，三姑姑就嚥下最後一口氣。

由於父親晚婚，親友大多年事已高。或許是因為如此，以我的年齡來看，我出席親戚葬禮的機會算多。出娘胎以來第一次出席的喪禮，是祖母的喪禮。那時是一九七〇年代的台灣，還記得當時小學低年級的我，套著一襲長長的白色旗袍，和同輩的堂親在會場跑來跑去，玩鬼抓人的遊戲，後來被痛罵了一頓。

沒過多久，又在台灣辦了祖父的喪事。這次不只是白色旗袍，還要披上一種由白麻編成、類似簑衣的東西，頭上甚至戴了草笠。祖父生前是企業的社長，前來弔唁的賓客排成長長人龍。每次賓客行禮致意，家屬就要連番下跪，額頭磕地，深深鞠躬好幾次。動員全家族，花上一整天辦的喪事，盛大又懾人，像祭典一樣熱鬧。

那一次以後，包括我的雙親，還有舅舅、舅媽等的喪事，但全都在日本，這次為了三姑姑，睽違二十五年後，我才又參與了台灣的喪禮。由於三姑姑生前已經購買靈骨塔，後事便也委由同一間公司負責處理。舉凡適合搬家的日子、適合結婚的日子、適合開店的日子等，台灣人不論做什麼事都要看日子，而一個人過世後最重要的，就是決定火葬的日子。

為了選一個適合火葬的日子，負責人依著我們交出來的家譜，寫出各個家屬的出生年月日。用類似八字學那種難懂的計算方法，算出一個不會給家屬帶來負面影響，而且對三姑姑最好的火葬日。結果，因為剛好卡著台灣的農曆新年，火葬日定到了過世後約一個月。

其次重要的，是要決定葬禮當天負責捧遺像、牌位、雨傘、竹枝的人。如果生前已婚，這個角色就會由丈夫和孩子承擔，而未婚的三姑姑，則說該由甥姪輩負責，我也就成了其中的一份子。

附帶一提，我被指定要舉的竹枝，旁人告知竹枝上綁著寫有經文的紙條之類，具有引領魂魄的用途。

跟台灣相比，日本的喪事看來似乎顯得樸實且嚴肅。祭品是簡單的糕點、水果，若行佛教儀式，便只有簡樸地念念經，弔唁賓客也是靜靜前來致意然後離去。普遍來說即使日程再長，也都會在過世一週內，走完從「通夜」到告別式、火葬的全部流程。

相形之下，台灣的喪事很熱鬧。《父後七日》這部描寫台灣喪事的電影，在喪禮時有哭得淅瀝嘩啦、嘶聲力竭的「孝女白琴」，還有吹奏吵鬧樂音的樂隊之類出現。供奉的祭品有魚啦、全雞啦、豬肉、湯料豐盛的湯品啦，諸如此類，擺出一整桌不遜於滿漢全席的豪邁大餐都算常見。三姑姑的喪禮雖然沒有那麼大張旗鼓，畢竟還是留下了比日式喪禮來得熱鬧的印象。

我被告知在搭電梯時，要招呼著「三姑姑，接下來要搭電梯囉」，車子右轉時要提醒一聲「三姑姑，要向右轉囉」。我必須隨時隨地對她說話，讓三姑姑的魂魄不致迷路，順利抵達告別式會場。一開始我雖然有些害臊，但跟著大家一起對她說話，也讓我慢慢地陷入，好像三姑姑真的就在身邊之感。

我沒有像祖父母出殯時穿上白色旗袍，但手腕上捲著粉紅色的毛巾。至於要向弔唁賓客，跪地叩頭以回禮這點，則和以前沒有不同。為什麼是由我們代表行禮？我疑惑著向人詢問其中意義。然後我學到這是一份傳統，由三姑姑甥姪一輩的三等親，向有照顧之恩的長輩表示感謝與敬意，在這層意義上，這扮演了整場喪禮最重要的角色。

瘦小的三姑姑火葬沒有花太多時間。撿骨，放入骨灰盒的步驟和日本沒有不同。捧著骨灰盒和遺像，撐著傘，拿著竹枝，再次折返靈骨塔。三姑姑的魂魄有了歸依。

父母雙亡的我，總是讓三姑姑口頭禪似地耳提面命：「Tae-Chan（たえちゃん），要跟阿窈好好相處喔。」

已經沒辦法再聽見一次，那聲「Tae-Chan（たえちゃん）」。這件事既傷感又寂寞。

再見，三姑姑；謝謝，三姑姑。

用料理連結起台灣和石川

新的一年到來了，元旦的日出、新年做的第一個夢、新年開工，一切都充滿萬象更新的蓬勃生機，心情也愉悅起來。而二〇一七年的首次拜訪石川縣，是為了出席一月二十三日的電影《媽媽，晚餐吃什麼？》的試映會。

這部台日合作的作品改編自二〇一四年所出版《日本媽媽的臺菜物語》，原著內容是以過世的母親為主角，描寫我的家族故事。

一九七〇年，嫁給台灣人父親的母親飄洋過海到台灣展開新生活，在人生地不熟的異鄉孤軍奮戰。在語言、經濟水準和生活習慣都不同的環境下，為了融入台灣，以及父親那邊的親友，她拚命學習各種「台灣料理」。

結婚前的母親似乎不擅長料理，即使如此，為了喜歡喝酒和愛好美食的父親，努力煮出像清蒸魚、三杯雞等數道台灣道地家常菜，餐桌上總是擺滿豐盛的菜餚。我和妹妹出生後，經常為我們做像是愛玉、杏仁豆腐和馬拉糕等點心。

總是處於家庭中心位置的母親過世後，至今也過了二十五年。看著母親站在廚房的背影，伴隨著菜刀在砧板上發出咚咚咚的聲音，親手煮出一道道的美味佳餚，連結著我的家族記憶。為了不要讓這些記憶風化，希望永遠記在自己的腦海，因此寫成了書，更沒想到有天會被拍成電影，人生際遇還真是「妙」啊。

電影的主題是「料理連結起家人情感」，因此主角是「料理」，以母親留下的食譜為本，邀請到辻調理專門學校的老師下廚，甚至舉辦了試吃活動。經過數次練習，好幾道完美的台灣料理就這樣陸續出現在大螢幕上。

以滷豬腳來說，以醬油、八角、砂糖等調製的滷汁把豬腳燉煮得入味，金黃色的外皮閃閃發亮，吃起來滑嫩彈牙，含有豐富的膠原蛋白，是如今還會讓我們姐妹魂牽夢縈的料理之一。配上帶點嚼勁的豬腳，再拌上一些滷汁，就可以吃上好幾碗飯。

粽子也是特別懷念的滋味。在包粽子當天，可以看到廚房擺滿五花肉、銀杏、筍子、鹹蛋黃、蝦米等豐盛餡料，糯米先與餡料一起爆香拌炒後，再用粽葉包起來下去蒸熟，全家都籠罩著五香粉的香氣。五香粉是台灣料理不可或缺的香料之一，光是這個味道，就足以讓我想起「母親的背影」。

拍攝地是以母親姓氏「一青」的故鄉——石川縣中能登町為中心，也到金澤市內取景。除了良川車站、寫著「一青」的道路標誌以外，瀰漫著一九八〇年代商店街氛圍的円光寺商店街，以及母親喜愛的和菓子店圓八的「餡衣餅」（用紅包餡包裹麻糬的和菓子，石川縣的代表銘菓之一）等也都入鏡。

有賴多方協助，電影才得以完成。料理牽起人與人之間的情感，也連結了相距遙遠的台灣與石川。最近，在中能登町的道之驛「織姫之里中能登」，可以吃得到把蘿蔔糕改良成中能登風味的「日式紫蘿蔔糕」，使用當地特產的紫蘿蔔（日文名為「能登娘」），淡紫色的外觀令人垂涎三尺，可以說是台日合作的一道點心。

因為一些緣由，父母親長眠在富士山旁的墓園裡。打算在試映會之後，前往墓園祭拜，向他們報告：「你們兩人的故事拍成了電影喔」。那時，我想要帶著按照母親的食譜製作而成的滷豬腳和粽子，和他們分享。

媽媽，晚餐吃什麼？

第四章　その四

訪問台灣

ただいま、台湾

環島體驗——累積新的台灣記憶

上個星期，我一直在馬不停蹄地趕路。不過這裡說的「馬」，不是跑「馬拉松」，而是騎著「鐵馬」拚命往前衝。

石川縣也有環能登半島一圈的自行車活動「Tour De Noto 400km」，但在台灣，騎自行車繞台灣本島一周直接被稱為「環島」，而且近年相當盛行。因緣際會，連我也挑戰了環島之旅——據說是許多台灣人的夢想之一。

對我而言，自行車平常只是代步工具，更別提長途騎乘的賽事，完全是個門外漢。直到環島日期逐漸逼近，我還在忙著舞台劇的排練，幾乎沒什麼空檔可以練習騎自行車。於是，我帶著中途退出的覺悟，硬著頭皮參加。

台灣的面積相當於九州大小。島的中心部有比富士山還高的台灣山脈（中央山脈、雪山山脈、玉山山脈、阿里山山脈和海岸山脈等五大山脈及其他）相連，南北縱貫全島。環島路線的道路是沿島環繞一圈修築而成，全長約九百公里。這次是參加台灣自行車大廠捷安特的活動。

十一月五日出發，開始為期九天的環島之旅。平均一天要騎約一百公里，時速大約維持在二十五公里，大概每二十公里休息十分鐘，若是再加上中午用餐時間，每天幾乎有近十小時的生活與單車為伍。

行程是早上七點從下榻地點出發，抵達目的地時已過傍晚。之後，回飯店房間刷洗被汗水濕透的自行車衣，再洗個舒服的澡。用完晚餐後，整理隔天的用品之類的，一轉眼就超過十一點。就這樣上床睡覺，隔天一大早起床準備，接著整裝出發，每天都是重複相同動作。

環島的頭三天真是苦不堪言，在上坡路段有好幾次想要下來用走的。到了晚上，脖子、手腕和腰部，還有雙腿肌肉痠痛不已，必須塗抹消炎和止痛藥膏，才有辦法入睡。

我忍不住詢問同行的台灣人：「環島那麼辛苦，為什麼要自討苦吃呢？」得到了下面的回答。

「對台灣人而言，環島已經成為一種儀式。」

「不環島的話，就不算是真正的台灣人。」

在台灣社會，騎單車環島已經遠遠超過運動健身的目的，其本質意義在於對自我身分的認同與強化。

我一邊思考著，踩著腳踏板的腳不曾停過。

直到小學畢業，我是在台灣學校接受教育的。社會科課本的內容幾乎都在講中國，當時大家也都稱自己為中國人，誰會想到要騎單車接觸台灣各個角落，或者說壓根兒就對「環島」沒興趣吧。

在那之後，台灣開始民主化運動，越來越多人認為「台灣就是台灣，不是中國的一部分」，與過去「反攻大陸」的思想訣別，迎接新時代的來臨。我在十一歲移居日本後，和台灣的關係越來越疏遠，可是當我重新接觸，這近十年的光陰裡，在台灣遇到的每個人已經不說自己是中國人，而且都對台灣有著深厚情感。

有不少台灣人想要深入認識自己居住的這一塊土地，想要探索台灣各個角落，於是選擇環島。

依我個人騎單車環島的經驗來說，過程中能實際感受到台灣是豐富多元的社會。除了欣賞沿途風景，品嘗各地的特產美食，在當地居民的加油聲中不斷踩著腳踏板前進，自己也不知不覺孕育了對台灣的愛。

一開始讓人痛苦難耐的單車之旅，從第五天左右出現變化，開始非常樂在其中，很不可思議。第六天的騎乘距離是一百一十公里，中途遇到了此趟環島的最大關卡——壽峠，這是每位騎士從南部的屏東進入東部台東時的必經之路，克服一連串爬坡路段，我竟然順利「過關」了，還讓其他參加者嚇了一大跳說：「阿妙，妳的腳力很好喔」。

心情愉快，身體也會跟著放鬆；身體放鬆，心情也會跟著愉快。我的台灣環島之旅圓滿落幕，在心中又累積了不少新的台灣記憶。

最具台灣代表性的飲食文化「辦桌」——我看《總鋪師》

台灣擁有豐富多元的文化，其中我感到最為獨特的就是「辦桌」文化。在日本，聽到台語發音的「辦桌」（pān-toh），能立即意會過來的人，應該是相當厲害的台灣通。反倒是中文發音的「bàn zhuō」，即使說給台灣人聽，大多數人可能會滿腦子問號。因為，「辦桌」（pān-toh）是特有的閩南文化，由早期移民到台灣的漢人傳入，現在發展成台灣最具代表性的飲食文化。

概略來說，台灣有兩種不同的飲食文化並存。一種是由一九四九年從中國撤退來台外省人所傳入，中國大江南北的飲食文化。例如，有名的鼎泰豐小籠包就是屬於這一類。小籠包是上海地區的特色點心，之所以會在台灣發揚光大是因為戰後有一些上海出生的外省人在台灣開了店，逐漸普及。豆漿和牛肉麵也是屬於這個系統。

另一種是在一九四九年以前，由很早就來台開墾的本省人發展出的具有台灣特色的飲食文化。以麵類來說，不是使用麵粉製成的麵條，而是用米做成的米粉或是米苔目等，像是這類食物又被統稱為台灣料理。可以盡情享受豐盛的台灣料理，就是在辦桌請客的場合。

照字義來說，「辦桌」的日文應該翻譯為「大宴會」，而電影《總鋪師》的日文版標題為「祝宴」，也很貼切，傳遞出來的歡樂氣氛正好說明這是一部幽默詼諧的喜劇。實際上，大部分會擺設筵席宴請客人的場合，通常是為了慶祝喜事。總之，主人家會邀請很多人，讓大家吃得盡興，感受到賓至如歸的盛情款待。很少有餐廳可以一次容納數百人，所以會在路邊或廣場辦桌，搭設棚架和帳篷，擺開一張張圓桌，就像是臨時的露天餐廳。其中，主導辦桌流程和一手包辦菜色的人是被稱為「總鋪師」的大廚，也就是這部電影的主角。

他們可以說是來自四面八方的自由料理人，有些是餐廳主廚或專門提供外燴服務的經營者，共通點就是擁有豐富的辦桌經驗，才有辦法獨撐大局。

小時住在台灣，雖未直接參加過辦桌，但我還記得祖父會邀請總鋪師到家裡做菜。父親出生於以開採金、煤礦起家的基隆顏家，當時的家族事業版圖也多角化經營，要宴請親朋好友及有生意往來的相關人士時，聚集起來也是將近百人的大陣仗。在當時還是小孩子的我眼中看來，祖父家的客廳像是體育館般寬敞無比，我們坐在那裡，看著眼前端出一道道的美味佳餚，簡直就像變魔術，讓人目不轉睛，興奮不已。

十一歲回到日本後，就一直沒有機會品嘗總鋪師的廚藝。最近，為了執筆《我的台南》一書而待在台南時，剛好有場大型辦桌的消息傳入耳裡。其實，台南的辦桌文化根深蒂固，《總鋪師》的取景拍攝也幾乎都在台南進行。當我抵達辦桌的現場時，被眼前的盛況震撼。

這是一間位於台南市的廟宇，為了宴請當地居民表達謝意。宛如操場般的廣大廟埕，密密麻麻排滿圓桌。因為規模過於龐大，分別由兩位總鋪師負責各半的桌數。

出乎意料的是兩個人準備的菜色大不相同，總鋪師也有個人拿手的料理和堅持，不管是哪位總鋪師，似乎都會意識到對方的存在，隱約能感覺到一絲較勁氣氛。雖然近年罕見，但是聽說以前有的主辦方會特地邀請兩位總鋪師，讓他們比畫廚藝，隔年的辦桌就只邀請評價高的一方。

電影裡也出現了類似的對決，為了選出誰才是台灣首屈一指的總鋪師，進行了料理競賽，也是電影最精采的橋段。話雖如此，可是總鋪師各個身懷絕技，像是憨人師、鬼頭師和蒼蠅師分別稱霸北中南，是料理界的傳奇人物。

在鄰近台南的高雄市內門區更是人才輩出，遠近馳名。我在台南參加的那場辦桌，其中一位總鋪師就是來自內門。過去，內門屬於比較貧窮的地區，所以作為一種賺錢的門路，男性從學徒開始做起，練就一身好廚藝後，南征北討在料理界打滾，逐漸闖出一片天。

電影裡登場的許多料理，幾乎都是我在台灣不曾吃過的，可是這些不是為了要拍電影而虛構出來，是以前在台灣的辦桌實際上吃得到的菜色，真是令人吃驚。

例如，電影裡出現的「雞仔豬肚鱉」（將一隻鱉放入雞中，再將整隻雞塞進豬肚）

等，讓人想要在有生之年吃到這道傳說中的名菜。只不過，非常耗費工夫，近年來的辦桌也經常受限於預算考量，像這樣子「搞工」的菜色越來越難吃得到。即使如此，根據台灣的新聞報導，受到電影影響，有越來越多過去辦桌時的古早味料理得以重現，由此可窺見這部電影對台灣社會的影響不容小覷。

對台灣民眾而言，辦桌不單單是料理，包括在那裡指揮全場的總鋪師，以及端出來的每一道美味佳餚，已經成為一種足以代表台灣的「傳統文化」。透過這部電影，日本觀眾也可以深刻感受到這一點吧。雖然，受限於衛生條件和場地，有不少人對辦桌敬而遠之，然而我誠摯地希望辦桌文化今後也可以在台灣繼續傳承下去。

一起去泡台湾温泉吧！

一旦失去泡澡的樂趣，人生會是什麼樣子？我簡直無法想像。從懂事開始，我就很喜歡泡澡，每天至少花三十分鐘泡澡，甚至一天會泡兩三次。對日本人而言，最能紓壓的方式就是泡澡，這也是為何溫泉文化在日本歷久不衰的原因吧。隨著年齡漸長，我對溫泉的喜愛程度日益加深，尤其十年前得了「頸椎僵直」，而泡溫泉有明顯療效，我對溫泉的感情就越來越強烈。

然而，如此熱愛溫泉的我，卻在六月初看到了一則令人錯愕的報導，新聞標題是〈栃木・鹽原溫泉「不動の湯」關閉擾亂風紀的行為層出不窮、自治會做出痛苦決定〉，這無疑讓很多愛好泡湯的人士惋惜。

從東京到鹽原溫泉只要一小時多車程就能抵達，而且難得在一個溫泉地就可以享受到種類豐富的泉質，非常受歡迎，也是我經常拜訪的溫泉地之一。尤其是費用低廉的公共浴池，不只是當地人生活的一部分，也是觀光客趨之若鶩的景點。而這次上報的「不動の湯」，屬於男女混浴的露天公共浴池，可以一邊享受森林浴，一邊浸泡在從泉源湧出的天然溫泉，相當愜意。

但是，卻有不肖份子或年輕男女看上這裡的隱密性，拍攝不雅猥褻的影片或是做出破壞善良風俗的行為，因而導致關閉。日文新聞裡，也提到這裡會有「鱷魚出沒」，當然不是指動物的鱷魚，而是比喻藏身在浴池內偷窺女客裸體的男性。因為男客偷窺的模樣，和河面上露出雙眼向獵物逼近的鱷魚相似而命名，光用想像就覺得生動貼切，我忍不住噗哧笑了出來。

為何會有公共浴池呢？這是因為在一般家庭尚未能普及泡澡的時代，各地村落會設置一座方便讓當地居民自由出入的浴池，並由當地人管理。混浴的話，一家大小都能進去泡澡，同時也促進街坊鄰居聯繫感情。直到近年，男女混浴容易為人詬病，因此有減少的趨勢，但是公共浴池的存在象徵日本獨特的溫泉文化，我去鄉下時往往也會體驗當地的溫泉設施。除了公共浴池建築物散發的懷舊風情，也可以一窺當地人的日常生活，卻因為發生這樣的問題而關閉，心中難免遺憾。

台灣的地質環境和日本一樣位於火山帶，雖然面積如九州大小，但是蕞爾之島卻擁有一百座以上的溫泉地，堪稱是溫泉大國。中國文化沒有泡溫泉的習慣，而且聽說以前原住民發現了溫泉源頭，也只有少數人才能使用。從一八九五年開始，日本統治台灣，帶入了日本人的溫泉文化，紛紛在台灣各地設置了溫泉設施。

日治時代結束後，日本人離開了台灣，取而代之的是來自中國的國民政府，因此有大半的溫泉設施不再被使用，成了廢墟。其中也包括了台北近郊的金山溫泉，從市區開車前往約一小時半，國民黨接收後，一度成了海防要塞，之後依舊難逃沒落的命運。

二〇〇〇年，台灣民主化的風潮高漲，重新審視根植於台灣生活的日本文化，衰頹的溫泉文化出現轉機，原本成為廢墟的溫泉設施逐一被修復。同時，在溫泉復興的浪潮下，推動許多新的溫泉旅館和溫泉度假飯店的建設，使得溫泉文化再次受到矚目。二〇一〇年，推出的高品質服務在日本相當知名，石川縣能登半島的和倉溫泉「加賀屋」，也進駐北投溫泉，相當受到台灣人歡迎。

然而，台灣人享受溫泉的方式和日本人大異其趣。台灣人比較排斥赤裸裸一絲不掛或是和陌生人並肩泡湯，不管是露天溫泉或大浴池，一定穿泳衣，有時會有身處大型溫泉游泳池的錯覺。其他，還有一些溫泉飯店會準備像是家庭澡堂的個人室溫泉，提供客人全裸入浴的選擇，設備也很完善。

我住過幾次有個人室溫泉的飯店，通常會有兩個浴槽，一個是溫泉，一個是直接注入冷水，當你從熱氣騰騰的三溫暖走出來時，可立即潛入冷水的浴槽降溫。我想這種方式是融合了日本人帶入的溫泉文化和台灣人的入浴習慣，衍生出獨特的泡澡體驗。無論如何，一度銷聲匿跡的台灣溫泉文化能改頭換面重新出發，蔚為風潮，這十多年來已在台灣人的生活紮根。

拜溫泉文化的復興所賜，我從離台北最近的北投溫泉開始，以順時針方向，往宜蘭縣礁溪溫泉、蘇澳冷泉，台東縣的知本溫泉，屏東縣的四重溪溫泉，台南市的關子嶺溫泉等地，做了一趟環島的溫泉之旅，真是不亦樂乎啊。

其中，我最喜歡的是花蓮縣的文山溫泉，位在以大理石峽谷聞名的太魯閣國家公園內的野溪溫泉，而且免費。這裡沒有太多的觀光氣息，仍保留著些許天然的原始風貌，但是要抵達這裡，可是要費盡千辛萬苦，才有辦法享受。

首先是一路順著泰山隧道旁的小路往下走，往谷底的溪流前進；接著看見一間像是更衣室的小屋，要真正抵達泡湯地點還有一段距離。眼前是一次只能容納五個人通過的吊橋，戰戰兢兢通過後，繼續沿著石壁砌成的樓梯往下走約二十分鐘，終於看到像是溫泉的地方。即使溫泉看似近在眼前，但是要拉住綁在欄杆上的紅色繩索往下垂降，才算是真正抵達文山溫泉。

初春時，山裡仍帶著些涼意，一路長途跋涉終於抵達，將冒汗的身體浸泡在微熱的溫泉裡很舒服。環顧其他泡湯的民眾，看起來像是當地居民，熟練地在固定位置坐定之後，津津有味地吃著橘子和蘋果等水果，其中還混雜一些觀光客，彼此交談甚歡。

當然，溫泉內的男女老少，大家都穿著泳衣。老實說，這裡的環境作為露天溫泉，整體來看並不完備，但是未開發之處反而顯得自然。如果連頭一起將全身潛入溫泉，彷彿就能將世俗紛紛擾擾的一切拋諸腦後。我忍不住讚嘆了一聲：「真是好湯啊～」。（編註：因落石意外頻傳，文山溫泉已於二〇一八年封閉。）

此外，還有綠島的朝日溫泉也讓人印象深刻。這裡是世界僅有三座的海底溫泉之一，非常珍稀，從海裡冒出的溫泉，在這裡泡湯彷彿徜徉在大海的擁抱，讓人感到無比自由自在。重點是台灣的露天溫泉沒有「鱷魚」，因為大家都穿著泳裝泡湯，為了不要再讓更多的日本露天溫泉面臨被關閉的命運，參照台灣，穿泳衣泡澡或許是一個可行的方法。

即使男女混浴，穿著泳衣就像在游泳池裡玩水，對於陌生人在肢體上不小心的接觸，也不會立刻繃緊神經，說不定也會有一場愉快的對話。為了保留完整的溫泉文化，台灣或許可以成為日本的借鏡。

泡溫泉，不只是冬天的樂趣，夏天泡也別有一番享受。台灣接下來就是炎熱的盛夏，有報導指出今年可能會出現百年來的最高溫，這樣動輒滿身大汗的天氣裡，泡溫泉反而可以達到避暑效果，而且泡完溫泉後喝的啤酒是最棒的。下次的休假，要去台灣哪裡泡溫泉呢？我已經開始期待了。

台灣・東海岸聖地巡禮之旅

一般日本人所熟知的台灣，是面向台灣海峽，與中國相望的西半部，從首都台北開始，中部地區的核心都市・台中，歷史古都・台南，還有以貿易港口聞名的高雄等，幾乎都是開發較早的大城市。

另一方面，平地少、海岸線彎曲綿延的東半部，也被稱為「後山」，指發展較為落後的地方。說不定是這個緣故，現在的台灣是用「東海岸」一詞來概括花蓮縣、台東縣和宜蘭縣等地，可是「西海岸」這個說法卻不存在。也許就像是日本的北陸地方（福井縣、石川縣、富山縣及新潟縣，合稱北陸四縣）過去曾被稱為「裏日本」（譯註：這個詞彙，因爲有意指經濟發展較爲落後以及歷史、文化等諸多因素，爲避免出現歧視、侮辱的解讀，

被ＮＨＫ列為廣播禁止用語。今日多以「日本海側」來稱呼。）一樣，反映出台灣海峽與太平洋側的地區有著截然不同的發展脈絡。

在這個東海岸遇見的人物和風景，卻足以顛覆過往對台灣的刻板印象，彷彿來到世外桃源。甚至，我把個人親自體驗到的點點滴滴寫成《溫暖的記憶，從這裡出發》（二〇一七）一書，想藉由文字，讓更多人認識東海岸蘊藏的無限魅力。

旅遊書上介紹的台灣，不外乎是小籠包、故宮、烏龍茶、台北一〇一、芒果冰……等等，都是日本人再熟悉不過的美食和景點，可是在東海岸幾乎看不到這些所謂的朝聖清單。所以，很多外國人會以為東海岸應該沒什麼看頭，那可就大錯特錯了，因為一路上充滿許多讓人意想不到的驚喜。

例如，位於台東縣的長濱鄉是個人口僅七千人的小鎮，這裡住著足以代表台灣的健康養生法，而且會讓人痛得哇哇大叫的腳底按摩「始祖」。

他是來自瑞士的天主教神父，名字是Josef Eugster（一九四〇年～），中文譯名為「吳若石」，當地居民都稱他為「吳神父」。一九七〇年，他從瑞士來到台灣傳教、定居，本身深受嚴重關節炎所苦，所以開始按摩自己的腳底，沒想到疼痛感就不可思議地消失了。他以個人的親身體驗為基礎，一面傳教的同時，一面為當地居民施行腳底按摩，身體上的病痛紛紛獲得改善，口耳相傳之下，消息一下子傳開。

之後，吳神父也成了腳底按摩的傳教士，被稱為「吳神父」。在台灣各地，出現不少跟吳神父學習腳底按摩技術徒弟開的按摩店。現在，吳神父依然在長濱鄉的小教會裡，持續他的傳教工作和推廣腳底按摩。

另一方面，台灣的東海岸與日本之間，在歷史上也有著緊密關連。像是台東縣的「旭村」（台東市內的豐榮、豐谷、豐里、豐源等大豐地區）和花蓮縣的「豐田村」（壽豐鄉）、「林田村」（鳳林鎮）、「吉野村」（吉安鄉）等，有不少地名讓人不自覺地聯想到日本，細究之下，才知道這些是在日治時代的一九一〇年代前後，總督府從日本引進移民來此開墾，建立移民村的地方。

當時，許多來自日本的農業移民為了追求豐衣足食的生活，踏上台灣這片未知的土地，即便因水土不服和不適應氣候，受到地方性流行病等的威脅，依然努力開墾農地，在當地建立神社、學校和診療所，形成頗具規模的移民村。

他們的生活中不可或缺的信仰場所就是神社，在東海岸的許多移民村裡興建了多座神社，分別供奉著故鄉的神祇，不只是心靈依歸，也成為日常生活的中心。

戰後，台灣各地的神社遭到國民黨政權破壞殆盡，連東海岸的也無一倖免。但是，近年開始積極推動神社復原的工作，其原點是台灣人的自我身分認同意識高漲，目的是「想要恢復被國民黨掠奪的台灣史」。

與日本不同，台灣是由多民族構成的國家。在漢人移入之前，就有原住民居住在此，目前人口大約五十四萬人，雖然他們有各自不同的文化、語言、民族神話和傳說等，但是共通點是相信萬物或一切現象裡面皆有靈的精靈信仰。

每年七月至八月，許多原住民部落會舉辦盛大的「豐年祭」來慶祝豐收。身穿色彩華麗鮮豔的民族服飾，透過宛如天籟般的合唱以及充滿力與美的舞蹈，感謝祖靈和神祇賜予的風調雨順，載歌載舞中又不失莊嚴，在這裡可以窺見人類與大自然共生共存的原點。我參加過多場的豐年祭活動，我的不請自來也許為部落造成不便，但是在說明來意後，他們都很欣然地答應讓我一同參與。

台灣人把東海岸形容為「完全不一樣的台灣」。來到東海岸，可以發現到不同以往的台灣意象。

台灣面積不大，可是擁有多采多姿的面貌，富含深厚的文化底蘊，以及滿滿的人情味。我在東海岸的感受前所未有，遠遠超乎原本所預期。想要遇見台灣的另一種美好嗎？不妨來一趟充滿「驚喜」的東海岸巡禮之旅吧。

漫步南台灣

請試著在腦海裡描繪一下台灣地圖，就像是豎直的番薯形狀，浮在太平洋西側的可愛小島。沿著面向台灣海峽的西半部海岸線一直往南走，經過桃園、新竹、台中等地之後，會遇到台灣最長的河流——濁水溪，以此為分界線，以南就是台灣的南部地區，通稱為南台灣。

過了濁水溪，會先經過雲林和嘉義，不久就到了台南，接下來還有高雄和最南端的屏東。

也許日本人對於濁水溪的河川名稱不太熟悉，但是它在台灣人心中的地位舉足輕重。就連政治圈也是用濁水溪區分，以南是現在的執政黨——民進黨的重要票倉，以北

則是國民黨的支持度較高。

此外，像是台灣本土語言之一的閩南語，也是跨越這條溪之後，南部人使用的頻率一下子大幅增加。

我在寫這篇稿子時，人剛好騎著自行車通過南台灣。十月底，我參加了單車環島活動，也就是繞台灣一圈，花上九天時間騎完大約九百五十公里的距離。

在台灣，環島是許多人心目中「一生中想要實現的夢想」之一。我把環島初體驗寫成了《單車環島，停不了》一書（中文版由天下文化出版），而這一趟是我挑戰人生第二次的環島。

在環島行程裡，行經南台灣的那幾天是我最幸福的時光。

一路相伴的愛車「AVAIL」是台灣捷安特公司推出的女性專屬公路車，我的雙腳不停地踩著腳踏板破風前進，越是往南，越是能明顯感受到空氣變化。濕度微微地增加，籠罩的熱氣輕拂過肌膚，陽光也越來越強烈。

北回歸線是區分亞熱帶氣候和熱帶氣候的界線，通過位於嘉義縣水上鄉的北回歸線紀念碑後，在氣候上就是真正的南台灣。

我深受南台灣的魅力吸引，寫了《我的台南》（二〇一五）和《什麼時候去台南？》（二〇一八）兩本書，也被任命為台南親善大使，近年來前往南部的次數幾乎和台北不相上下，認識越來越多的南部朋友，當他們透過臉書知道我在南台灣時，就會傳訊息邀約一同見面用餐：「要不要一起吃頓飯？」實在感受到南部人熱情又好客的個性。

對於貪吃的我來說，最重要的是在南台灣吃得到許多北部沒有的特色美食。還有，冬天氣候溫暖，適合居住；到了炎熱的夏天，心血來潮的話，也可以飛往澎湖消消暑，從台北出發的航程要一小時，從高雄出發則是四十五分鐘即可抵達，交通方便，隨時可以來趟說走就走的離島旅行。

總之，現在的台灣興起了一股「南台灣熱」。不是因為地處熱帶地區，氣溫高、天氣熱的熱，而是作為旅遊景點相當熱門的熱。

根據我的觀察，南部的觀光熱潮先從台灣人間擴散。約從十年前開始，伴隨著網路社群的普及，逐漸受到矚目，到了這三年才一口氣大爆發。尤其是對住在台北的都會年輕人而言，南部的魅力也許是在於「東西便宜又好吃」、「充滿歷史感的氛圍令人懷念」、「可以徜徉在豐饒的大自然中」等，讓人趨之若鶩。去到書店，在「國內旅遊」的架上，幾乎清一色都是介紹台灣南部的旅遊書和雜誌。

二〇〇七年，台灣高鐵的開通也助長了這股南台灣的旅遊熱潮。當然，有不少年輕人是搭乘客運或台鐵前往，可以沿途欣賞窗外景色，來一趟慢活的輕旅行。但是，也有不少人是利用週末假期，攜家帶眷搭乘高鐵到南部走走，絡繹不絕的人潮經常把車站擠得水洩不通。

最近不只是台灣人，就連外國人也紛沓而至。以台南來說，日本人在外國遊客的比例裡排名第一，好像還超越了中國遊客。聽到不少台南人向我道謝，說是《我的台南》一書起了推波助瀾的作用。如果這是真的，不是客套話，我也感到與有榮焉。

如果想知道台南旅遊的熱門程度，不妨到台南市的正興街或神農街逛逛，就可以一探究竟。在充滿懷舊氛圍的街道中，除了原本的老店，加上一些富有特色的餐飲店或商店陸續誕生，還有老屋改建的民宿等，一到週末就可以看到大排長龍的名店也不少。其中，大多是住在台北等北部地區的外地遊客，看到部落格或社群平台的介紹，聞風而至。

為什麼現在的台灣人會對南部投以如此熱切的眼光呢。也許是和台灣這片土地的歷史是從南部開始有關。

雖然目前台灣的政經和文化中心在台北，可是明鄭和清領時期的行政重心是在台南。最古老的孔廟、台灣最初的商店街「延平老街」、日治時代的南台灣第一座百貨公司「林百貨」等，從荷據時期到清領時期，還有日治時代的歷史進程中發展起來的台南，還保留著不少名勝古蹟，瀰漫著古色古香的氛圍。

比起台灣的其他都市，台南擁有深厚的歷史文化底蘊。現在我們吃得津津有味的台菜料理，有很多道起源於台南，進而被發揚光大。

台南的整體街道就像一只尋寶箱，也像是一座博物館。

「沒有來過台南，就沒來過台灣。」

「不瞭解台南，不算瞭解台灣文化。」

有人這麼說道。我的台南友人經常掛在嘴邊的一句話，也是「不認識台南，就沒資格談論台灣。」在台南，看得到過去的台灣，尤其是濃濃的人情味，純樸熱情的個性，還有此起彼落的閩南語，讓人有來到台灣的真實感。

從台南再往南走，就是高雄。一直以來，旅遊書上首推的熱門景點是位於左營區的蓮池潭風景區，裡面有著外觀為龍和虎的巨大塑像的「龍虎塔」，老實說，我不太感興趣。我強力推薦的景點是港灣地區——哈瑪星，這裡保留完整的日式建築群，其現代化程度令人驚嘆。

日治時代利用淤泥填海造陸的哈瑪星（鼓山區），是高雄最早發展起來的舊市區，名稱由來是當地有從高雄港車站連接港口的濱海鐵路「濱線」（Hamasen），用閩南語稱之為「哈瑪星」（Há-má-seng）。高雄輕軌是台灣第一條輕軌，也通過這裡，包括哈瑪星站在內的第一階段工程今年剛通車，預計在二〇一九年底全面開通。

搭乘輕軌，前往駁二藝術特區吸收人文氣息，還有到日治時代老屋改建的咖啡廳坐坐，感受港都的萬種風情，正成為一種新興型態的旅遊方式。還有，高雄在自行車道網的整備上也不遺餘力，積極打造自行車友善環境，遙遙領先台灣其他地方。騎上單車，享受慢活遊高雄的樂趣吧。

另外，高雄的旗津半島也非常適合單車旅遊。鄰近高雄港，可以透過陸路或是搭乘渡輪前往，島上有不少自行車出租店。可以乘著徐徐海風，騎著自行車參觀興建於日治時代的高雄燈塔和清領時期留下來的旗後礮台，還有一路上的海岸風光，環繞一圈大約十五公里，體驗一下環保又健身的單車之旅也不賴。

在高雄，除了繁華熱鬧的市區，往郊外延伸的話，有保存著客家傳統建築的美濃，以及被稱為是香蕉故鄉的旗山、羊肉聖地的岡山等地，探索在地的生活與美食，也是一大樂趣。

屏東縣內有閩南人、客家人、原住民等多元族群分布，沿途的風景完全不同於台南或高雄，放眼望去盡是種植檳榔樹、洋蔥和鳳梨的農田。在地形上，有山有海有平原，美麗景緻可以同時一覽無遺，讓人感受到與大自然和諧共存的自由，彷彿遇見了台灣的「原風景」。

如果來到了屏東，除了墾丁和恆春等熱門景點，也可以安排參觀「牡丹社事件紀念公園」。

一八七一年，前往日本宮古島的琉球使節船遇難，漂流至台灣東南海岸，因為雙方語言無法溝通，有六十六名生還者被排灣族原住民綁架到部落，雖然途中逃脫了，但是有五十四名遭到殺害，十二位逃過一劫的「八瑤灣事件」。之後日本政府向清廷抗議，被以生番之地置於化外而不予理會，因此日本政府以調查犯罪為由出兵台灣，也就是日本史所謂的「征台之役」。日軍與原住民在這裡（石門古戰場）發生激烈交戰，史稱牡丹社事件。

這起事件也是日後在甲午戰爭中把台灣割讓給日本的起點，而這裡是台日之間首次交手的重要外交事件之一，具有珍貴的歷史價值。在這座牡丹社事件紀念公園裡，有歷史步道、故事牆和紀念碑等，讓更多人可以理解事件始末。

走訪完歷史景點，可以到附近的四重溪溫泉泡湯，消除舟車勞頓的疲累，這裡是日本人開發的溫泉，與北投、陽明山、關子嶺並列為台灣四大名湯，因為昭和天皇的胞弟高松宮宣仁親王（一九〇五～一九八七）來此度蜜月而聲名大噪，當時下榻的旅館「清泉日式溫泉館」至今仍在營業。泉質為無色無味的鹼性碳酸氫鈉泉，浸泡後的肌膚光滑柔嫩，因此有美人湯之稱。這裡有很多溫泉旅館附設公共浴池，建議攜帶泳裝前往。

進入屏東縣，前往牡丹社（位在牡丹鄉）的途中，可以順道前往潮州鎮吃有名的「潮州冷熱冰」，熱呼呼的配料加上剉冰，冰涼溫熱的雙重口感只有在這裡才吃得到。還有，在萬巒鄉有名聞遐邇的「萬巒豬腳」，一條街上就有好幾間豬腳名店，很多人千里迢迢來此，只是為了一嘗豬腳的滋味。

今年夏天，我還在澎湖隱居了約一個星期。

雖然新書和雜誌專欄的截稿日逼近，但是待在東京或台北無法全心投入寫作。有一天心血來潮，想到自己不曾去過澎湖，於是憑著一股衝動就上網訂了機票和預約小型民宿。我在澎湖機場租了機車，開始了一趟離島探險之旅。

我在澎湖愛上小管、品嘗到鮮甜的海鮮。然而澎湖不是只有海鮮，還有浮潛、泛舟、衝浪、釣小卷、搭遊艇等，可以體驗到多采多姿的水上活動。對於喜歡海上休閒活動的人來說，澎湖是充滿無限魅力的度假勝地。

在澎湖，富有特色的民宿也如雨後春筍般迅速發展，比起飯店，年輕遊客比較偏愛給人居家感的民宿，而且都可以上網預約。經營者大多是澎湖出生，在台北等大都市工作過幾年後，跳出朝九晚五的上班族生活，選擇返鄉創業的夫妻檔。如果遇到喜歡衝浪的民宿老闆，還會私下教導遊客一些入門技巧。因為我也很講究外觀、傢俱擺飾、內部裝潢等，這段期間輪流入住不同風情的民宿，體驗富有個性的民宿也是一大享受啊。

最近日本掀起了一股台灣熱潮，走進便利商店，可以看到架上陳列著台灣拉麵、台灣麵線、台灣風味滷肉飯、台灣甜品系列的巧克力等，冠上「台灣」的商品多到不可勝數，感覺台灣就近在咫尺。我也遇過不少哈台族的日本人，三不五時就到台灣走走。

到目前為止，許多日本人到台灣旅遊，最常見的行程不外乎是以大台北地區為主，頂多是延伸到以溫泉聞名的北投、可欣賞夕陽的淡水、享受老街氛圍的九份等地，這樣就心滿意足。然而，時代不同了，光是台北已無法滿足對台灣的好奇心，一年拜訪台灣好幾次的「常客」越來越多，如果想要體驗不一樣的台灣，有很多人最先想到的是往南走，我也是如此。

過去，前往台灣南部的交通手段只能依靠慢速行駛的台鐵或飛機，但是現在有了高鐵，從台北出發，不管到哪裡，在兩個小時內皆可抵達。下車後，再從車站搭公車、計程車或租車移動，非常方便。在南台灣，你會遇見前所未知的「台灣之美」。

充滿魅力的「澎湖」

請想像一下台灣的地理位置，一座像是番薯形狀的蕞爾小島在太平洋西側浮著。實際上，若打開地圖來看，會注意到在番薯（台灣本島）的周圍，還有大大小小的島嶼零星散落。

除了本島，台灣還有一些離島。例如，距離本島遙遠，從中國卻能肉眼看到的金門和馬祖，因為兩地長久以來作為軍事重鎮，人民的出入受到嚴格管制，直到九〇年代解除戒嚴，一般民眾才被允許登島觀光。位於本島東南方外海的蘭嶼，是台灣唯一的海洋民族——達悟族居住的美麗小島，擁有獨特的飛魚祭文化和傳統的地下屋建築。其他，還有曾經被稱為「火燒島」的綠島等，多座充滿不同特色的離島。最近，讓我特別著迷

的地方是台灣最大離島——澎湖。

今年夏天，我在澎湖隱居了約一個星期。

從台北的松山機場搭飛機到澎湖的馬公機場，飛行時間不到一小時。從窄小的機窗往下眺望，映入眼簾的景色是閃閃發亮的碧綠色海洋和白色沙灘，就是名符其實的度假海島。對台灣人而言，澎湖作為夏天必訪的旅遊勝地，相當有名。舉凡浮潛、衝浪、釣小卷、搭遊艇等，能享受到多采多姿的水上活動。

來到澎湖，當然不能錯過美味的海鮮料理。貪吃鬼的我一下飛機，在機場租了一台機車，就一路飛速直驅熱鬧的馬公市區，前往大受好評的海產店，準備好好祭祭五臟廟。

在市區，不管走到哪裡都看得到海產店，尤其是集中在海浦路或三民路一帶。很多店門口都擺著從澎湖近海捕獲的活跳海鮮。六月到訪時，正值海膽解禁開放採捕，我請店家幫我剖開剛上岸的新鮮帶殼海膽，金黃色的海膽吃起來鮮美甘甜，還帶有微微的海洋氣味，真是美味。

在海產店點菜，原則上是站在琳瑯滿目的海鮮食材前，一邊挑選，一邊跟「老闆娘」

討論。即使語言不通，也可以用手指著食材，再決定要用「炒」「燙」「蒸」等哪種調理方法即可。

除了海膽，我推薦的澎湖海鮮還有在夜半時分捕獲的小卷，汆燙或快炒皆宜，因為太過美味，幾乎每一餐都少不了這一道來打打牙祭。

澎湖特產的「蝦餅」也會讓人吃上癮，這道海鮮煎餅好像是只有來澎湖才吃得到的在地料理，和韓式煎餅有異曲同工之妙，雖然同樣是把表皮煎得酥脆，但是蝦餅的內餡厚實許多，每口都是飽滿的蝦仁和花枝塊。此外，對於喜歡吃牡蠣的我而言，小顆的帶殼牡蠣用甜醋涼拌，根本是無法抵擋的滋味。

包括澎湖本島、白沙島、漁翁島的三大島嶼在內，還有周圍分布的許多小島，合計約九十座大小不等的島嶼組成澎湖群島。人口大約十萬，自十六世紀左右開始，陸續有來自中國的移民在這裡捕魚維生。

滿足口腹之欲後，我再度跨上機車出發，急駛過連接白沙島與西嶼島的跨海大橋，走訪了有百年以上歷史的閩南式建築群「二崁古厝」，經重新整修後被列為傳統聚落保存區，還有被樹齡超過三百年榕樹圍繞的「保安宮」，一整面玄武岩呈柱狀節理的「大菓葉玄武岩」，相當雄偉壯麗。

即使不是為了水上活動而來，澎湖本身的人文景觀和美味料理，絕對值得一遊。為了能專心寫作而出門，沒想到完全被澎湖的魅力吸引，真是美麗的誤算啊。

台灣的離島擁有不同於本島的在地特色，偶爾還會遇到一些讓人忘了身在何處的風景或文化，還會懷疑：「咦，這真的是在台灣嗎？」希望下一趟來到澎湖沒有寫作壓力在身，可以好好規劃個深度的跳島旅行。

來趟深度的台南之旅吧！

「早安。」「怎麼一副還沒睡飽的臉？」

一大清晨，我在有名的芒果故鄉——玉井，搭乘早上五點五十五分的首班公車，上車的乘客有綁馬尾的女高中生、男高中生和歐吉桑，包括我在內，只有四名乘客，就這樣出發。

「爺爺給的豬肉很好吃喔！」「咦，我都忘了。」「對啊，是前天您拿給我的啊。」

「那我也想吃。」

大型公車內有些空曠，但是司機和乘客間的閒話家常和笑聲，籠罩在一片熱鬧氛圍，我的心情也跟著愉悅起來。

曾經遺忘的懷念感又逐漸浮上腦海，我想起一九八〇年代還住在台北的時候，每天在公車內看到的就是這幅熟悉景象。不只是司機和熟客，即使是彼此素昧平生的乘客，一下子就開始熱絡交談。我望向窗外，五月中旬正值芒果產季，一大片廣闊的芒果園，樹上結實纍纍，一顆顆套袋的芒果等待收成。

距今三十年前的公車，外觀和設備都很破舊，沒有冷氣，甚至車窗也是完全開放，更遑論設置ＩＣ卡感應器。當時的車資要投入「投錢箱」，或是遞錢給坐在後方車門的車掌小姐。萬一客滿時，就會看到車資和車票像是接力賽般，一個傳過一個。要下車時，就拉座位上方的拉繩鈴，一拉就會鈴鈴作響，告知司機停車。

現在的公車都擦得亮晶晶，冷氣吹得發冷，只要拿出悠遊卡感應一下，就和東京的 PASMO 一樣，「嗶」一聲即可，當然也少了車掌小姐的隨車服務。而且，公車車廂的構造也隨著時代日新月異，但我在台南的公車上感受到的這股溫情，彷彿時光倒流回一九八〇年代的台北，人和人的距離如此貼近。

我搭乘橫跨嘉南平原的橘線（東西向）公車，車如其名，車體外觀塗成橘色，點綴在這一片綠油油的田園風景，別有一番風情。一路上，我好奇地望著窗外，拿著相機不停拍照，不知不覺眾人的視線集中在我身上。通常是當地居民通勤時的交通工具，一大早突如其來出現我這個外人，確實不引人注意也難。

司機問：「妳要去哪裡？」我回答：「牛墟。」之後中途上車的三位婆婆就七嘴八舌用台語說：「牛墟很遠噢。」「自己一個人去嗎？」等，後面因為說得太快，幾乎聽不太懂，只能報以尷尬的微笑。之後，她們的話題也自然而然地回到自己的健康和午餐要吃什麼。

我的第一站來到善化的「牛墟」。中文裡的「墟」是指村落或是農村定期的市集，牛墟則是指專門買賣牛隻的市集。對於農家來說，耕田的牛隻是相當貴重的財產。善化牛墟的歷史可以追溯到清朝，到了日治時代多達八十處以上的牛墟分布台灣各地，但是目前就僅存善化、鹽水和北港三處。其中，以善化牛墟的規模最大最有名。

同時，善化也是我最喜歡的「牛肉湯」聖地，或者可以說我到台南有一半的目的就衝著牛肉湯而來。善化是台灣南部最大的肉品處理場，在台灣各地吃到的牛肉幾乎都是來自這裡。因此，我滿心期待善化牛墟的牛肉湯，肯定非常美味。

善化牛墟的市場在每個月二、五、八尾數的日子才有營業，我事先上網做好了功課，一抵達就直接前往網友大力推薦的「２５８牛肉湯」。我點了一碗熱騰騰的牛肉湯，是在新鮮的生牛肉片上淋了使用牛尾和蔬菜熬煮了好幾小時的湯頭，作法看似簡單但是味道很深奧。肉片富有彈性，而且肉質新鮮，咀嚼時更能感受到肉本身的甜味在口中散開，「哇～活著真好！」我不自覺陶醉其中。雖然日本的涮涮鍋吃起來很像牛肉湯，但是使用的是切成超薄片的冷凍牛肉，在口感上完全無法和牛肉湯媲美。

早上八點，上門的顧客絡繹不絕，這裡和我先前在台南市內吃到的牛肉湯不一樣，是牛肉厚片，份量多而且便宜。此刻，我終於明白為何會有人特地遠道而來。菜單上有台南市內不常見到的「牛肉羹」，勾起了我的興趣。但是，光是一碗牛肉湯，就非常有飽足感，只能留到下一趟再來品嘗。

接著，我便開始悠閒地逛逛市集。這裡比較特別的是可以看到賣鐵鍬、鋤頭和鏟子，甚至還有鐮刀的農具店，或者是攤位前整齊排列的發電機和馬達，從中可以窺知善化依然是農業重鎮。

離開牛墟後，我朝著附近的「胡厝寮」前進。

近年，台灣各地致力於推廣農村振興計畫，例如把民宅牆壁當作畫布，彩繪活潑生動的圖案，吸引遊客前來，這裡也是其中之一。在偏僻的農村一隅，牆壁上畫著大家熟悉的動漫人物，或是十二生肖的圖案，一面接一面，光是散步也不會厭煩。裡面最吸引我的是數百張臉孔的圖案，男女老少每張表情都不一樣，各有特色。我心血來潮開始尋找是否有和自己相似的臉孔，果真讓我找到了，一個人也能玩得不亦樂乎。

下一站是前往以文旦聞名的麻豆老街，原本打算搭公車回到善化車站再轉乘，卻發生小插曲。

我竟然看錯時刻表，下班公車是兩小時之後，不想浪費時間卻又無計可施，只好用走的。走了一段路後，我看到一輛車停在路肩，裡面坐了位五十幾歲的男性，我趕緊趨前問路。當我講了地名，那位男性瞪大了眼睛說：「妳走不到啦！」，於是他很熱心地開車載我前往。

在車上，當他知道我是日本人時，他用充滿懷念的語氣說著曾因農業機械展而去到橫濱。結果，他飛車開到車站竟也花了十五分鐘，我如果用走的少說可能要花上一小時吧。當地人的親切讓我銘感在心。

我在善化車站等公車時，旁邊站了一位看日文書的伯伯，我順口問道：「請問你是日本人嗎？」

「我不是喔。」

他以相當流利的日語回答，全身散發一股藝術家的氣息，他說他曾在日本居住過，善化只有三位日本人，他的妻子就是其中一位。他在善化國中教日文，一週三天，而這一天剛好要上課，所以正準備搭公車去學校。

我沒想到會在台南和懂日語的台灣人一起搭公車，甚至細聊之後才發現我們有共通的友人。緣分還真是奇妙，我們在公車上相談甚歡，直到伯伯在善化國中下車時，互道再見。

世界看似廣闊，但是實際上很小，真的很有趣。

台灣各地的老街，很多都還看得到日治時期興建的巴洛克式建築。例如，一九三八年在麻豆老街落成的電影院「電姬館」就相當有名，剛開始上映的是黑白默片，主要觀眾是日本人，因為二戰而關閉，戰後改名為「電姬戲院」重新營業。然而，一九八七年電影產業大幅衰退，因而被迫歇業。二〇〇七年，侯孝賢導演在此取景，拍成三分鐘短片《電姬劇院》，再度讓此電影院聲名遠播。

我在電影院前下車，公車站牌上寫著「劇院前」，因此不會發生下錯站的窘境。我望向道路對面的電影館，生鏽的鐵格子、破掉的玻璃窗，兩層樓建築依舊昂首挺立，依稀可以想像昔日的繁華熱鬧。

這次沒有發生失誤，我在戲院前順利搭上橘色10號支線。和幹線的大型公車不同，支線是小型公車，載客人數約二十人，但是飛快的速度讓人直冒冷汗。站著的乘客不只是緊握著拉環不放，雙腳也必須站穩，才能勉強維持身體平衡。公車穿越了鄉間小路，兩旁還可以看到不少的傳統三合院建築，就像出現在電影《無米樂》裡的場景一樣。當我回過神，發現已經抵達隆田火車站。

烏山頭水庫，又稱珊瑚潭，是我這趟公車之旅最後一站。到目前為止，我已經來過好幾次，倒是第一次搭公車。車子和公車的路線不同，有不一樣的發現，當我抵達烏山頭水庫時，才發現已達山裡，第一次真實感受到自己來到海拔接近五百公尺的地方。

這座水庫是日治時代由出生於日本石川縣金澤市的土木技師八田與一規劃興建完成，過了八十五年，至今依舊灌溉著廣大肥沃的嘉南平原和提供民生用水等，影響相當深遠。水庫附近甚至設立了「八田與一紀念公園」，很多來到台南的日本人也都特地到此一遊，成了熱門的觀光景點。

如果要走完烏山頭水庫風景區一圈的話，的確可以鍛練體力，但是接近正午時分，頂著烈日豔陽，老實說，我已經開始後悔為什麼不開車來了。離下一班的公車還有充裕時間，我坐在有樹蔭遮陽的長椅上，眺望清澈翠綠的湖面，腦海浮現了八田與一的銅像，他也同樣望著這座水庫。遠渡重洋來到台灣的八田與一，完成了別人認為是不可能任務的水利工程，但是這樣的成就背後，其實也是很多台灣的技術人員和勞工的血淚和汗水堆積而成的。

逛完烏山頭水庫之後，我再度回到善化，這一趟東西橫貫的橘線公車旅行劃下句點。我已經忘記上次搭公車旅行是什麼時候，雖然之前在東京搭過公車，幾乎不曾和司機或不認識的乘客打過交道，可能是在用手機、翻書或閉目養神吧，每位乘客在公車裡盤據一隅，沉浸在一個人的世界。相反地，台南的公車不同，司機和乘客之間的閒話家常，讓人感受到活著的溫度。

公車，或許是讓人回到旅遊原點的交通工具吧。

這趟台南之旅，讓我想起了一九八〇年代在台北的生活，眼睛所看的，耳朵所聽的，舌尖所嘗的，一一喚醒了記憶。人和人的距離如此接近，當我發現台灣還存在著這樣的地方時，心裡深處的失落感彷彿得到慰藉。

雖然班次並不頻繁，轉乘也不方便，但是公車擁有其他交通工具無法取代的優點，在現在的速食社會裡，很少人有耐心去等待了。相反地，透過等待可能會出現新的邂逅，新的發現。即使是突如其來的小插曲，事後回想起來都可能是美好的回憶。

「妳從哪裡來的？」「抵達目的地了喔。」

經常會遇到親切的公車司機或婆婆媽媽主動打招呼，除了我這次的旅行搭乘的公車，還有很多行駛在台南郊外的不同路線公車，相信今後如此多加利用的話，一定可以經常體會到旅遊書上無法描繪的「人情味」吧。

釋迦——台灣的美味大發現

台灣是個什麼都好吃的美食勝地，其中尤以水果最為出名，還享有水果王國之美譽。橫跨亞熱帶與熱帶的季風氣候，一年四季出產各式水果，對於喜歡吃水果的我而言，根本就是人間天堂，也是我對自己身為半個台灣人感到幸福的理由之一。

台灣的眾多水果裡，日本人最熟悉的莫過於果肉香甜厚實的芒果。其他，還有曾在日本市場風靡一時的台灣香蕉，說不定對芭樂也不陌生。

還有許多在日本罕為人知的，可能連長什麼樣都沒看過的水果，像是蓮霧、楊桃、火龍果等，不僅美味多汁，而且營養價值高，每年都讓人殷殷期盼產季的到來。

其中，我最推薦的，而且非常具有衝擊性的水果，當屬「釋迦」。因為外觀讓人聯

想到釋迦牟尼佛的頭，因得其名。這樣的命名或許會令日本人蹙眉：「什麼？吃釋迦牟尼佛的頭，真是大不敬！」但是，可千萬不要誤會了，佛教信仰本身在台灣社會根深蒂固，只是在食物上比較沒有禁忌。每逢產季，他們就會手裡拿著拳頭般大小的釋迦，努力啃著一瓣一瓣帶籽果肉。

釋迦只在溫暖氣候的地方生長，保存不易，所以農民會在八、九分熟時採收，一旦軟化完熟，就必須在一兩天內吃完。而且，釋迦產地是在台灣的東部和南部，因為在搬運過程中容易撞傷、壓爛，不耐長途運送，即使同樣住在台灣本島，在台北吃得到的期間非常有限，價格也不太便宜，更何況是隔著海洋的日本，當然沒有進口。（譯註：根據二〇一八年十月新聞報導，台東釋迦首度銷日。）

小時候，一家人住在台灣，我的日本人母親最喜歡的台灣水果就是釋迦了。像是無花果或是石榴等，帶有很多籽的水果總是深受母親喜愛。即使在搬回日本居住的多年之後，每到夏天，幾乎就像是口頭禪般，母親會三不五時地叨念著：「好想要吃台灣的釋迦啊。」

釋迦的原產地是在中南美洲，根據記載當時歷史的《台灣府志》，是荷蘭人在十七世紀的荷據時期引進台灣栽培，正式名稱為「釋迦果」。

釋迦的別名是「番荔枝」。釋迦的幼果外型貌似荔枝，凹凸不平，而「番」在中文裡有「外國」之意，所以有這個稱呼。可是，在眾多名稱當中，我還是最喜歡「釋迦」一詞，好聽又容易記，而且台語念起來也很順口。

台灣的釋迦產量占全世界八成，其中又有八成是來自台東縣。特別是在被稱為釋迦故鄉的「太麻里鄉」，每次一到初夏，道路旁就四處立著偌大的招牌，上面寫著「釋迦」兩字，還可以看到一籃籃堆積如山的釋迦陳列著，頂著綠色佛頭熱情地迎接顧客。

表面摸起來凹凹凸凸，有點奇特的外觀，有不少台灣人似乎也敬而遠之。但是，我一向認為「越是其貌不揚的水果就越好吃」，而釋迦就是典型例子。果肉就像是全熟的香蕉，入口即化般香甜軟嫩。如果放入冰箱冷藏食用的話，口感就像是香蕉加上蘋果，味道清爽。吃完還意猶未盡，讓人想要繼續吃。

上個月底，我因為工作前往台東，在機場入口就直接販售著剛採收的釋迦。我買了一個可以現吃的完熟釋迦，找了個位子坐下，用兩手剝開後食用。

嘴裡充滿濃郁綿密的口感和帶點酸甜的滋味，真令人懷念。我吐出一顆顆黑溜溜的籽到手心，再把一瓣瓣的果肉放入口中。在初夏的台灣，腦海裡浮現了母親一面開心吃著釋迦，一面拚命吐出籽的模樣。

台南地震的現場觀察記

二〇一六年二月六日凌晨，台灣南部發生規模6.4的強震，雖然震央在高雄美濃，但是鄰近的台南市發生大樓倒榻事件，造成一百多人罹難，日本媒體紛紛大幅報導。

當我知道台南發生如此嚴重的災情時，立刻從日本打電話給台南的朋友，確認大家是否都平安無事。「我當時睡得太熟，還不知道發生地震呢。」「不用擔心，這裡完全沒受到影響。」「地震當下非常搖晃，東西都掉下來了，真的很恐怖。」等等，聽到了形形色色的回覆，很慶幸的是沒有人受傷，或者遇到住家倒塌這樣的巨大災害，頓時安心不少。

當我看到新聞播出維冠金龍大樓的倒塌畫面，這一棟台南市永康區的十二層住商大

樓已面目全非，甚至有數百人還被埋在瓦礫堆當中；台南市中心的古蹟也有毀損情形，我的心情也變得沉重，坐立難安。

近年，我經常往返東京和台南，這裡仍然保留我小時生活在台灣的記憶味道，因而喜歡上台南、寫了《我的台南》一書。甚至被台南市任命為親善大使，對我來說，台南就像是我的第二個故鄉。

看到電視裡，救難人員日以繼夜地持續搜救活動，我又能做哪些事情呢？如果到現場，是否會妨礙救災？日本國內也開始踴躍發起募款活動，但是我要如何盡到微薄之力？我左思右想卻得不出任何結論。與其在這裡乾著急，我決定先親自確認受災情況，有了通盤瞭解後，再來思考自己能做的事情。於是，我簡單收拾行李，往台南出發。

八日，我在東京羽田機場搭機，先飛往台北，停留一天。九日上午，搭乘高鐵到台南。但是，二月八日正好是大年初一，台南站快被人潮淹沒，尤其是有些廁所停水，因此能用的廁所前大排長龍，從這樣的混亂裡，多少可以窺見地震帶來的影響。

我從台南站搭計程車直接前往永康區的倒塌現場，司機說：「除了這棟倒塌的大樓，還有一、兩個地方出現災情，其他完全沒有問題。難得遇到過年連假，但是觀光客寥寥無幾。」大約二十分鐘車程，我抵達了「維冠金龍大樓」，離現場一公里遠的通行道路都拉上封鎖線，我走向「災區」。這棟倒塌的大樓位於永康區最熱鬧的主要幹道永大路旁，永大路原本是四線道寬的道路，目前幾乎都停滿了消防車和警車，以及新聞台的SNG車等，人毫無立錐之地。

隨著腳步逐漸接近現場，眼前的光景簡直令人不敢置信，環顧現場周遭的建築物，例如木造二樓的住家，或五、六層高的公寓都依然矗立，沒有看到任何顯著的災害，唯獨這棟巨大的建築物只剩下斷垣殘壁的景象，還不時可以看到裸露的鋼筋。

我把視線從倒塌現場移開，望向道路兩旁的商家和小吃店，因為道路封鎖，幾乎都歇業著。實際上目睹的這番景象，和媒體鏡頭只聚焦於倒塌大樓的影像，似乎無法連結，彷彿就像電影場景，如此不真實。

「台南市的受災情況是定點式的，而非面積式的。」

之前認識的民進黨台南市議員郭國文如此說道。郭議員的選區就是永康區，長年活躍於這個地方。這次的地震和一九九九年台灣九二一大地震或是二〇一一年的日本三一一大地震不同，受災範圍僅限在幾處，這點希望日本人能夠理解。九日，當我和郭議員見面時，他說：「在現場最前線的我們，目前唯一不足的東西，就是將受困民眾從瓦礫堆中救助出來的時間。」

台南賴清德市長也在現場坐鎮，他忙著和受困民眾的家屬溝通，一天召開兩次說明會，親自向相關人士報告最新搜救進度。我到訪當天，剛好決定派大型機具進入受災現場，但家屬質疑這樣的全面開挖會影響到原來的救災行動：「大型機具的進駐，對於還困在裡面的生還者來說，不是很危險嗎？」焦急的家屬流著眼淚抗議。

賴市長的判斷依據來自於當時已經過了救人的「黃金七十二小時」，生還的可能性不高，為了加快搜救行動的腳步，才決定投入大型機具協助。站在家屬的立場，又很難接受這樣的事實，所以陷入兩難，只能拚命說服家屬希望取得諒解。以賴市長和郭議員為首，加上市府的行政人員幾乎不眠不休守在現場，賴市長的鞋子變得破舊不堪，連黑眼圈都出來了，勞心勞力的模樣也成了媒體注目的焦點，造成話題。

一方面，現場的物資和人手都相當充足，像是延長線、口罩、手套、電池等日常生活的必需品一應俱全，一旦缺少，台南市政府會立即發出通知，訊息一旦擴散出去，台南市民都很熱心提供，立刻就能補齊。

另外，郭議員還補充說道：

「這次的南部大地震，日本民眾伸出援手，我由衷感謝，日本人在災害發生不久，就率先捐贈物資。政府也派遣調查團隊協助救災，我們都銘記在心，也知道有人走上街頭募款，或者是以個人名義捐款等，身在台南的我們真的非常感謝大家的慷慨解囊。但是，希望大家能瞭解這次的地震和傷亡人數高達一萬三千人以上的九二一大地震（一九九九年九月二十一日，震央在南投集集鎮）和日本發生的三一一大地震相比，受災情況完全是不同規模。因此，如果再收下更多善款，萬一將來台灣發生更大或更嚴重的地震時，可能會想：『在台南地震時，已經捐很多錢了』，而拒絕下一次的行善，這是我所擔心的。日本朋友的關心，我相信台灣的社會大眾都感受到了，也相當感動。如果說想要繼續幫助台南的話，希望就像以前一樣，今後也多到台南觀光或者出差，我想這就是對台南的鼓勵。對日本人的款待之心和充滿魅力的台南，依然沒有改變。」

我離開現場，前往台南市中心，因為擔心市內的古蹟是否遭受破壞，決定親自走一趟。雖然有一些老舊的建築物出現些微龜裂，但是觀光客經常拜訪的台南孔廟，十七世紀荷蘭人興建的赤崁樓，以及日治時代開業、最近才改建完成開始營業的「林百貨」等指標性建築物，幾乎毫髮無傷，也沒有任何的入場限制，和平常的台南沒兩樣。可是詢問了觀光地附近的店家，老闆娘失落地表示：「以往在春節期間，通常會湧入比平常多一倍的人潮，將店裡擠得水洩不通，但是今年只有一般假日的人潮。」生意似乎有點冷清。此外，我詢問了認識的民宿業者，得到的回答是：「原本計畫到台南旅行的國內觀光客，一一取消訂房，而一些原本打算三月來旅遊的外國遊客，也紛紛寫信來詢問是否安全。」，看樣子這一震也震掉了不少商機。

台南民眾最擔心的莫過於觀光產業的一蹶不振，去年發生的登革熱，讓觀光客大幅減少，好不容易才開始恢復，卻又遇到地震。原本逐漸回流的觀光人潮是否會因此停滯不前。

我在現場感受到的是，台灣各地民眾對災民源源不絕的援助和關心，因此地震後的幾日內，初期設定的物資和援助金目標就已達成，接著要啟動下一個階段性任務，也就是讓更多的日本人訪問台南，樂活台南，讓台南人感受到「地震後的台南依然沒變」，或許這是今後最大也是最佳的援助吧。

我想或許有很多人在考慮台南旅行，卻因為地震而猶豫不決，但是希望不要因此取消，請到台南看看。我本身也計畫三月上旬再度前往，在這一次的地震災害中，憑一己之力可以做些什麼？我也會持續摸索。

台南並沒有改變，台灣並沒有改變，一切如舊。台灣加油！台南加油！

觀光城市台南的「今後」令人憂心

近年來台灣受到和中國的緊張關係及地震影響，造訪屏東墾丁、花蓮太魯閣、嘉義阿里山等代表性觀光景點的遊客數銳減，各地都受到衝擊。在如此逆境，台南不僅來訪旅客數沒有下降，而且是少數持續成長的地方城市。

為何台南如此受歡迎？我問台灣的親朋好友，大家都回答：「因為有美食！」對日本人而言，無論在哪裡品嘗台灣料理都覺得美味，但對台灣人來說，一提起美食之都，馬上就會想起台南。以熱水汆燙新鮮牛肉片的「牛肉湯」、使用台南沿岸養殖虱目魚的「虱目魚粥」，還有加進口感彈牙小卷的「小卷米粉」等等美味的台南小吃，可說是不勝枚舉。

此外，孔廟加上赤崁樓、林百貨、國立台灣文學館等等，來到台南一定要看的歷史建築和古蹟，亦是多不勝數。

從台北搭乘高鐵，前往美食和觀光景點滿載的台南，兩小時以內即可抵達。不遠不近的距離，對於留宿一晚的週末小旅行，是最適合的地點。台南出身的作家、也是nippon.com專欄作家米果，這十年來持續觀察台南，並在其「獨立評論」專欄寫道：「台南竟然變成一個島內小旅行的聖地」。

我自己也在這五年之間，持續造訪，現在仍有許多想去品嘗美食的店家，以及觀光遊覽的地方；另外，我想讓更多日本人體驗台南魅力，寫了《我的台南》等兩本關於台南的書。這些努力獲得了回報，我聽到許多至今不曾關注台南的人，帶著我的書造訪，前往書中介紹的店家享用美食，然後徹底變成台南迷。

但似乎也不能太過輕忽大意。

二〇一八年六月底，我出席拙作《什麼時候去台南？一青妙的小城物語》（天下文化）的發表會，再次前往台南。

和開車來接我的台南朋友一邊交換近況，一邊前往市內。在車裡，從她口中聽到幾個讓我震驚的消息。

「佳佳西市場旅店歇業了。」「神農街已經不是以前的樣子了。」

佳佳西市場旅店是台南老屋改造的先驅，廣為人知，其代表性的設計旅店風格，更是獨樹一格。而神農街則是清朝時期的繁華街道，沿街孕育出充滿各種獨特氛圍的小禮品店、民宿和咖啡店；夜晚亮燈後，更是人聲鼎沸，甚至連移動都有些困難。若是說和台南簡介封面上的照片一模一樣，應該很多人馬上就會明白吧。

這兩個台南代名詞般的地方，究竟發生了什麼事？

我馬上前往神農街一探究竟。抵達後，首先映入眼簾的是，街道入口的牆壁整個掛上氣派的巨大看板，讓我不敢相信自己的眼睛。朋友告訴我那是「夾娃娃機的店」。店門口為了防止冷氣外洩，掛著透明的塑膠布簾，內部盡是熊、鯨魚、鴨子、貓熊等填充玩偶的夾娃娃機，總計超過二十台。

這裡原本是什麼店……？試著回想，腦中卻是一片空白。但可以肯定的是，至少不是這種只有機械又冷冰冰的無人店鋪。

夾娃娃機店的隔壁則擺著許多韓服，牆上寫著「韓服一小時兩百元」「和服一小時三百元」，原來是租借韓服與和服的商店。我好幾次問朋友：「台南現在流行韓服嗎？」

街道左側第一棟建築，原本應該是「永川大轎」的工廠，現在也消失無蹤。永川大轎是傳承三代的老店，長年持續製作神明乘坐的「神轎」，在此可以看見嚴肅專注的師傅，認真製作神轎的身影，現在卻成了一間販售雜貨的商店。

神農街入口兩側的四家店鋪，全都換成了不同的商家。

這與我之前造訪時的狀況完全不同。擁有舒適空間的咖啡店，默默熄燈歇業，店門口立起出租看板，上面寫著房仲業者的聯絡電話。

偶然間遇見住在神農街底、經營民宿的陳女士一家，對她來說，神農街是每天的生活場域，應該也充滿兒時回憶。她對神農街如此快速的變化有何看法？

「這是時代的變遷啊。」

雖然只是在路邊的短暫交談，也許是心理作用，她的笑容看來有些落寞寂寥。

全長約三百公尺的神農街，從清朝時期開始，一直維持著特殊的木造住家樣貌，留存至今；加上巧妙改造後出現的個性咖啡店和藝術家工房，當地居民亦能保持一般的日常生活。對我而言，走在石砌街道，在台南舒服的微風吹拂之下，窺見承繼了好幾代的職人手藝和人們的日常，宛如穿越時空，回到古時，這就是我喜愛神農街的原因。

那本翻譯出版的拙作裡，我介紹了許多神農街的店家，但不到一年，三分之一已經變成其他商家，讓我想起編輯在整理資料時的苦澀無奈。

發展為觀光勝地的過程中，出現某種程度的變化在所難免，但是否應該秉持著某種一致的方向性開發比較好呢？我陷入摻雜著惋惜與懊悔的思緒。

抵達台南當天，正是佳佳西市場旅店最後的營業日。這間旅店由台灣的首位女性建築師王秀蓮在一九七〇年代設計而成，其後，幾位與台南有緣的創意人聚集，將長久以來被棄置成廢墟的建築，重新改造成設計旅店。二〇〇九年開幕營運以來，隨著台南的人氣漸旺，佳佳西市場旅店也持續受到矚目。

二十七間客房都有不同的設計概念，每間皆大異其趣；日本的建築師也曾參與設計；我也曾在富有獨特個性的電影導演蔡明亮設計的客房中住宿，度過了美好的一夜。

不僅是設計，地點也絕佳。日本統治時期的一九〇五年建造，現在仍使用中的「西市場」旁邊，就是旅店所在地，在年輕人努力下，成功振興街道的「正興街」也在附近。對觀光客來說，沒有更方便的地點了。佳佳西市場旅店的設計、知名度和地點都無可挑剔，卻在六月底正式歇業。

如此有人氣，為何會歇業？在西市場出生長大，一路看著台南變遷的謝文侃表示：「佳佳西市場旅店的歇業有許多複雜因素，旅館增加了，觀光客卻沒有等比增加，每間旅館都被迫削價競爭。」

謝先生自己也同時經營幾家民宿。要維持一定水準的品質，就必須收取某種程度的住宿費用。小型的住宿設施無法與擁有資源的大型連鎖旅館相抗衡，每家都很煩惱該如何經營。

此外，對於神農街的變化，謝先生還提到：「那和台灣人的短視近利也有關係。只是，更令人擔心的是，漫無計畫興建的建築物。夾娃娃機的店家，可能三年就結束營業，但蓋好的建築物會在那裡，存在至少五十年以上。」

佳佳西市場旅店確實在台南留下穩固的品牌形象，卻仍宣告歇業，從一個外國的台南迷看來，只能說「實在太可惜了」。

台南商業區中大部分的老屋，其土地和建物的所有者、店鋪的經營者並非同一人，隨著台南逐漸成為觀光勝地，店鋪的買賣營業額當然也會上漲，房東則強勢地向商家調漲租金。

「因為房租漲，所以快撐不下了！」好幾次從認識的店家老闆口中，聽到這樣的話語。兩者若能取得平衡，就沒事，一旦配合不好就會出現問題。原本的店家被迫遷移，由新店鋪取代進入，或是也有房東欲得漁翁之利，自己下來經營。更有不少狀況是，原有的土地和建物遭出售，而買主拆除後，在原址上興建現代風格的建築。

並非要大家完全無視於眼前的短期收益，僅以長遠目光追求利益，我認為重要的是取得平衡。有句話說：「溫故知新」，意思是理解過去，以發現新的東西，台南的發展已經進入全體都應該冷靜思考「溫故知新」真義的時期，以求地域整體的提升。

台南的優點，並非數字或經濟價值可以量測。美食外，台南人對觀光客的親切和人情味更是令人難以忘懷，不管去過幾次都不會膩，下次還想再去。

台南獨一無二的魅力，就在於滿滿的人情味。

我曾多次介紹過馬路楊先生，也許多少提升他的知名度，但之後他的人氣因社群媒體及到訪過後的口耳相傳而廣為流傳，大家都說，去馬路楊先生的店裡，就能感受到真正的台南，或能接觸到台南人的人情味。

馬路楊先生就在神農街附近開檳榔店，僅約一坪大小的店面，至今已有五百多組、總計超過三千多人次的日本人到訪，這間「外國觀光客也可以造訪的檳榔店」，被台灣和日本的電視台和報章雜誌各方報導，成為台南的民間大使，日日繁忙。

我認為，馬路楊先生才是台南核心價值的象徵。台南擁有成千上百個像馬路楊先生一般充滿人情味的市民，雖然默默無名，卻每日讓從外地前來的觀光客感動。

台南在急速發展之中，對台南價值不甚關心的人持續流入，連價值核心——人情味都失去了這件事，比起一、兩家店的消失，可說是無法比擬的巨大傷害，更是難以挽回的遺憾。

本文開頭也曾提到，台灣擁有許多如墾丁、太魯閣、阿里山等世界知名的觀光勝地。但是近年來，無論何處都雜亂地出現風格相似的餐廳和紀念品店，讓人覺得沒有特色。每到旅遊旺季，單調且均質的觀光開發手法，在報章雜誌上受到許多激烈的批評。

當然，日本並非沒有這樣的狀況。只是，像京都、金澤和倉敷這樣的古老城市，歷史建築的保存和景觀維持，地方政府都訂立嚴格的管理規範，就算是建物的所有者，想要任意出售或改建都有很高難度。像台灣這樣，自由度很大有時是助益，但若想維持整體的歷史氛圍，有必要進行某種程度的限制。

希望台南不會失去獨特的魅力，今後也能取得發展和保存的平衡點，大步向前。身為台南的親善大使，期盼台南在日本越來越廣為人知，聚集更多人氣，我也將為此持續努力。

第五章　その五

歡迎台灣

こんにちは、日本

京都的「台南味」——連結台日兩座古都

提到京都，是日本料理的正統傳承地。自平安時代以來，擁有悠久歷史的和食築起鞏固的高牆，包括中華或是義大利料理等在內的異國料理，在這塊土地上始終無法擴大勢力範圍。人在東京的我卻聽到風聲，說在這樣的京都，有一間台灣料理店提供道地的台南味，而且人氣正悄悄蔓延開來。

聽說店就開在京都御苑附近，從京都車站出發，開車大約十五分鐘，交通便利。我趁著要去大阪工作的機會，順道一探廬山真面目。

然而，我去到了朋友告訴我的地址，卻沒發現類似的台灣料理店。同一條路來回走了兩次，才終於發現門口掛著讓人想起九份的紅燈籠，店的外觀不是很顯眼，所以完全

沒注意到。

「香嫩多汁滷雞腿便當、外皮酥脆炸排骨便當」

店外的黑板上用中文字手寫著菜色，並附上日文說明，還擺了一張有點老舊的木桌，上面並排著黑松沙士和冬瓜茶等的台灣飲料罐作為裝飾。左右兩扇門分別貼著台南正興街的「正興貓」貼紙。

抬起頭來，看到門口上方掛著招牌「微風臺南」，非常簡單低調的設計。

店鋪外觀比我想像中的還要質樸，京都町屋（machiya；傳統的連體式木造建築）通常從外面很難窺見裡面的樣子，我一拉開嵌有大片玻璃的深棕色門，出入口處的土間（古民宅一進門的水泥地，為屋內和屋外的過渡區）擺著收銀台和書架，可看到榻榻米的座位往裡面一直延伸過去。

店內擺設了舊書、骨董品、錫製玩具等琳瑯滿目的小物，整體氣氛與在台灣常見的老屋改建咖啡廳十分相似。

「這是我想像中日治時代的台灣，看起來難道不像台灣風格的町屋嗎？」

出現在眼前的店主是今年五十三歲的平岡尚樹，他帶點自豪的口氣說道。圓圓的臉戴著黑框眼鏡，略為圓潤的體型，給人和藹親切的感覺。

我接過菜單後，發現裡面不只是像粽子、皮蛋豆腐這樣的基本料理，還有在日本不常見的麻油麵線、鹽酥雞、蚵仔煎等正宗的台灣小吃，更令人驚訝的是連棺材板、蝦仁飯、刈包這樣的台南特有小吃也在其中。

我的視線直盯著菜單，尚未回過神來。

「那麼請先點菜吧。」平岡店主微笑地問道。

內心經過一番天人交戰，最後我點了愛吃的蘿蔔糕、蝦仁飯、台南羊肉湯、麵線，以及推薦小菜。

一道道端上來的料理，都散發出誘人食慾的台灣特有香氣。我吃著麵線，同行的友人吃著蝦仁飯，瞬間融化在這樣的美味當中，「果真是台灣的味道啊！」我們兩個人相視而笑。

桌上只剩下一掃而空的空碗空盤，平岡看我們吃飽了，突然開口說道：「其實，我以前只是一個平凡的上班族。」

平岡出生在老字號料亭的家庭，父母親在京都祇園的傳統町屋開了賣起司鍋與北京涮涮鍋等海外料理的店，但是雙雙早逝，因此暫由祖母承接，到了平岡這一代店就收起來了。

他決定要過與料理界絕緣的人生，畢業後進入販賣書法用具的文具公司，因為工作性質的關係，經常要到北京或香港出差。諷刺的是，他在香港的路邊攤看到一手拿著中式炒菜鍋，一手翻炒的料理人身影，卻深受吸引。

或許是和從小一直看著的父母親背影重疊了吧。他頻繁地到那位料理人身邊學習，邁出了成為料理人的第一步。

平岡在三十歲時做出人生的重大決定，辭掉工作，在京都開了一間香港料理店「Tears」，想必他的舌尖依然記得真正的味道吧。投入完全與文具公司截然不同的餐飲業，而且還大獲成功。

然而，經過了十年的歲月，心境上也慢慢起了變化。

「老闆，您會做台灣料理嗎？」

在京都，有很多台灣留學生。學生們聽說這裡可以吃到中華料理所以聞風而來，接二連三點起一些菜單裡沒有的台灣料理，台灣人的個性親切友善，彼此很快就熟稔起來，拗不過要求，於是就做了幾道菜，不知不覺間，店裡的菜單也增加了一些台灣料理。

某日，人生的轉機突然降臨了。二〇一〇年，他把自己的料理照片上傳SNS之後，和住在台南的台灣人有了互動。二十幾歲的台南女生黃穗婷，一直積極地向素味平生的平岡建議，「請開一間有關台灣的店！」還特地從台灣寄了一本書《吃進大台南》（旗林文化，二〇一一）給他，裡面全都是介紹台南美食的小吃店。

「每一間她都有特別用便條紙標註自己的感想。」

她把覺得好吃的小吃店標上記號，應該是想要讓平岡認識更多台南的美味小吃。

這位日文流利，非常喜歡京都，懷抱著留學夢想的女生，因為自身無法完成留學夢，將之寄託在平岡身上吧。除了料理書，也會寄中文學習教材，而平岡也會寄日語教材當作回禮，彼此相互稱呼「穗穗」、「尚樹」，透過 skype 進行語言交換，順便也學了不少台灣話。拜穗穗所賜，他現在會講「人客來（客人請進）」、「內底坐（裡面坐）」，用台灣話招呼客人。

台灣人一旦有了念頭到實際付諸行動，過程總是迅速，有時候過於強勢的行動力，日本人會覺得是強人所難而困擾。但是，有這位台灣人在背後推波助瀾，充滿速度感的行動似乎成功奏效，帶來了意想不到的共鳴效果，相當有趣。

二〇一四年，平岡關掉Tears，第一次踏上台南，展開了美食之旅。書裡面看到的料理，一一地出現在眼前，他一邊品嘗，一邊回想自己在日本試做時的味道，思考著下一次料理時需要進行微調的部分，努力把味道記在腦海裡。

他在離之前關掉的Tears不遠處，找到了一間有一百零五年歷史的老房子，依然保留著濃厚的傳統町屋氛圍，完全符合他理想中的新店鋪。二〇一六年的年底，「微風臺南」就這樣開幕了。

「為什麼店名會取做微風臺南呢？其實，我幾乎沒有跟任何人講過店名的由來。」

近年來在日本掀起的台灣熱潮，直到最近則由台南點燃了炙火，第一次光顧的客人經常會問店名的由來。我也是因為店名直接使用台南，而好奇詢問的其中一人。平岡說，實際上為這間店命名的也是台南的穗婷。

「台北有知名的微風廣場（Breeze），可是台南沒有，先用先贏？」於是就這樣決定了。不得不佩服穗婷對店名有過人的敏銳度。

但店的名片上、「微風臺南」的下面，寫著小小字的「Tears II」，平岡說當初考慮到這間店是繼 Tears 之後開的店，所以才如此命名。由此也可隱約看出平岡作為店主的堅持。

在一邊聽著平岡分享許多關於這間店的故事，同時看到店內有位身形瘦長的漂亮女性忙進忙出地招待客人。這位負責飲料、甜點和招待客人的美保小姐是平岡的妻子。

「我帶妳去看一張紙。」

我正出神地看著眼前這位美人，卻被平岡突然興致一起拉到了牆壁旁。就在靠近廚房的鴨居（和式房間中，上方的橫木框）處，貼了一張紙寫著：「不好意思，姐姐在火大……」

我不太懂這張紙的用意何在，平岡靦腆地說道：「因為我也想要仿效台灣人的差不多就好，還有惹人生氣的樣子。」

台灣的小吃店大部分都是家族經營，經常可以看到夫妻或是親子在店裡鬥嘴吵架的景象，他覺得這也是台灣特有的風景，因此想要模仿。

看到美保用心想好好把料理擺得賞心悅目時，平岡會特意提高音量斥責說：「差不多就可以了！」當然妻子也會不甘示弱地反擊。於是，就在廚房裡面上演了夫妻吵架的戲碼，這也是為了讓客人感受「台灣」的用心演出。

因為平岡認為，如果在心境上沒辦法從台灣人的角度出發，就無法做出真正的台灣味道，而這樣的理念也確實能夠傳達給每一位顧客。

相對於平岡如此堅守著理念，美保實際上直到二〇一七年六月，她才第一次去台灣旅行，對於美保而言，在自己店裡吃到的就是她對台灣料理的所有認知，所以第一次在台灣吃到真正的台灣料理時，她覺得很感動：「啊，跟店裡的味道是一樣的。」

我在這間店停留了約兩小時，這段時間不斷有像是留學生的台灣人進出，大家似乎都對菜單很熟，點菜駕輕就熟，就像是在自己家裡般放鬆自在。對學生而言，來到微風臺南可以吃到故鄉的味道，一解鄉愁，平岡夫妻就像是這些異鄉學子的父母親般，溫暖地迎接他們的到來，成為最療癒心靈的綠洲。

「希望有一天能夠被稱讚，是超越了台灣的道地味道。」

台灣人的親切、差不多的個性、獨特性等，不管是好是壞，平岡想要徹底瞭解台灣，現在大概每三個月會去台灣一趟。以台南為首，他積極品嘗台灣各地的美食小吃，專心研究菜單，當然和促成他開了這間「微風臺南」的穗婷也持續保持聯絡。

只要有平岡的存在，相信微風臺南的味道今後也會更加進化吧。在日本和台灣之間，架起了一道「美食」的橋樑。

長存於台灣少年工心中的日本

黃金週前夕，我收到台灣朋友藍先生發來的傳真。他告訴我五月有「台灣高座會」的活動，許多台灣人要來日本，並邀請我一同參加。

我用電子郵件回覆道：「我對曲藝活動（譯註：日語中的「高座」有曲藝之意）沒什麼興趣……」他又解釋說，台灣高座會是戰爭時期被派到日本製造戰鬥機的台灣少年工創辦的「同學會」。

「高座」指的是神奈川縣的舊高座郡。現在的神奈川縣相模原市、大和市，以及將舉辦活動的座間市等，過去都屬於該郡範圍之內，舊日本陸軍、海軍曾在這個地區建造承擔國防任務的眾多設施。於是便答應藍先生一同參加台灣高座會的活動，為此我特意

調查了一下台灣少年工。

二戰末期，許多年輕人被送往海外戰線，日本國內缺少製造和維修戰鬥機的必要勞動力。於是，當時處在日本統治下的台灣年輕人被動員起來。

據說，只要符合學力優秀、身體強健、道德觀念強、父母同意等應徵條件，合格者就可獲得舊制中學畢業資格，並走上成為航空技師的道路。而且生活費均由公費承擔，甚至還能拿到工資，因此吸引大批應徵者。

一九四三年，第一批十四歲左右的少年工約一千八百人從高雄港出發，抵達橫濱港。時年十五歲的藍先生便是其中之一。在此後的大約一年時間內，總共有八千四百名少年工來到高座海軍工廠。

「台灣高座會」（後改稱台灣高座台日交流協會）成立於台灣解除戒嚴令的第二年，即一九八八年。一九九三年和二〇〇三年均邀請前少年工參加在日本舉辦的五十週年和六十週年歡迎大會，二〇一三年也於五月九日舉辦七十週年紀念大會。

剛到達小田急江之島線南林間站，就被聚集在站前的昔日少年工身上那種熱情震撼。儘管大家年事已高，但看上去一個個都異常精神，依次登上開往會場的班車。車內迴盪流利的日語對話，助詞用法略顯不自然，偶爾夾雜著台灣話。

有的人獨自前來，有的人兒孫同行，還有人在車上與久違重逢的老友聊天敘舊。「離開南方的台灣，告別家人，滿懷期待而來，卻沒想到日本如此之冷。」「當時沒有吃的，經常挨餓。」「差點在空襲中死掉了。」等等，大家的對話中全都是艱辛往事。而令人有些不可思議的是，絲毫沒有悲壯感，莫如說他們在談笑風生中表現的是快樂和從容。

到達會場後，日方代表獻上歡迎辭：「歡迎回來」，全場響起雷鳴般的掌聲。活動中，日方代表向台方代表轉交前首相森喜朗先生發來的感謝信，最後，台灣高座台日交流協會的李雪峰理事長發表感謝辭。

李理事長在發言中說，日本戰敗，自己回到台灣後心中一直排斥國民黨政府，自己全力促成一九八八年高座會的成立，以及少年工能在九三年留日五十週年歡迎大會之際重聚日本，對此十分自豪，最後，他表示「日本是自己的第二故鄉」。在今年春季授勳儀式中，李理事長獲得日本政府授予的旭日小綬章。

休息時間，我有幸與一位昔日的少年工交流。他說「身處異國，在寒冷和飢餓中勞動確實非常辛苦，但我只是做了作為一個日本人的分內之事」，高座當地人分給自己糧食，像對待家人一樣親切，「日本是我度過青春時代的特別之地」。

當年的少年工作為日本人而生，為「國家」鞠躬盡瘁。他們身上具有大和魂，即使在戰後成了另一個國家的人，也從未丟棄這份榮耀和記憶，沒有忘記當時日本人的關懷，始終維繫著與日本的厚重情誼。

日治時期，台灣實行日語教育，日本文化被帶到台灣。如果拋開這段歷史背景，我們就無法談論日本與台灣的關係。而瞭解這個時代的人，正是平均年齡八十五歲的前少年工一代。

我的父親也是台灣人，生於一九二八年。和當年的少年工生活在同一時代。圍繞父親的人生，我寫下《我的箱子》一書，並於台灣出版。

在寫書過程中，我通過父親的人生瞭解此前從未關注過的台日關係，並生平首次針對曾經活在激盪歲月中的父親所面對的「台灣人還是日本人？」自我認同感展開思考。

戰後，由於受到自我認同感的困擾，父親曾一度無心工作，陷入了憂鬱狀態。我感到，曾在台灣與日本這兩個祖國之間糾結的父親，與少年工的身影有所重合。儘管對日本的感情不盡相同，但心中都存在著一個不可撼動的「日本」。

提到台灣，許多日本人只知道按摩和小籠包很有名，以及台灣人比較親日。所以，得知東日本大地震後台灣的捐款金額世界第一這個訊息後，很多人都非常吃驚。我也是其中之一。如果僅僅將理由歸結為「台灣親日」那就有點膚淺。要知道，在這件事的背後，有「台灣高座會」這樣的存在。儘管歷史上有過種種波折，甚至遭遇過辛酸、痛苦，但這一切都在時間流逝中被淡化，最終才有了今天的局面。

或許因為我是家中兩姐妹的姐姐，所以我覺得已經維持長達百年以上的日台關係就像「姐妹」一般。

三一一後，台灣當了姐姐，以世界第一的捐款數字援助日本這個妹妹。而一九九九年，台灣因地震嚴重受創時，則是日本當了姐姐，率先派出救援隊馳援台灣。

台灣有時當姐姐，有時又當妹妹。既然是姐妹，就會互相幫助，儘管偶爾也會吵架，但絕不會徹底決裂，無論發生什麼事，最終都會恢復和睦。

「遠離故鄉幾千里～♪」——這是本次台灣高座會活動的會歌。包括日本人在內，共有近千人人共聚一堂，而歌聲最嘹亮的卻是來自台灣的前少年工。或許是種種往事在腦海中閃現，藍先生的眼中噙著淚。

五十週年時，有一千四百名前少年工從台灣來到日本。六十週年來了七百四十人，而這次七十週年只來了兩百五十人。人數不斷減少也是理所當然。八十週年是二〇二三年，前少年工的平均年齡將達到九十五歲。我們無法預測還有多少人能參加那時的紀念活動。甚至有人表示「儘管遺憾，但今年可能是最後一次了」。

我希望這不要成為最後一次。縱然前少年工只剩下最後一人，甚至全部離世，我仍然希望台灣高座會永存。我們要繼承他們的心願和意志，將他們的人生作為日本與台灣厚重情誼的象徵永遠銘刻於世。對此，我也希望能做一些力所能及之事。

中能登和基隆
連接兩個故鄉的「孝親」

我身為牙醫師，從裡到外都是徹底的理科人，不太相信神鬼之說或靈異現象。即使如此，偶爾還是會遇到巧合到讓人不可思議的事：「似乎冥冥之中……」令人不得不相信是命運有所安排。這一次，就是這樣的感覺。

「一青」是母親的姓氏，在二〇〇五年因平成大合併（始於九〇年代的市町村合併）而誕生中能登町以前，好像是居住在鳥屋町的一族。因為從曾祖父那一代就移居外地生活，母親對中能登的事情也不甚瞭解。回想起大約三十年前，我和母親、妹妹曾一起造訪過鳥屋町，看到寫有「一青」的道路標誌和公車站牌、公民館等，母女三人在那裡興奮大叫。

因緣際會，現在我擔任中能登町的觀光大使。中能登有很多像是「石動山」、「親王塚古墳」等歷史文化名勝遺跡，值得深度旅遊。在這裡還能沉浸在恬靜悠閒的田園風景，感受居民的質樸和溫厚。每一次拜訪，總會讓人不自覺地放鬆心情，度過美好愜意的時光。

只是，在推動觀光的層面，還有很大的空間可以努力。因為中能登町的地理位置屬於「陸上孤島」，無法以日本海的豐饒漁產吸引遊客，當地飼養的牛、豬等有品牌的特產也少之又少。住宿方面，隔壁的七尾市有歷史悠久的溫泉街——和倉溫泉，更是國內外遊客的不二選擇。

另一方面，基隆市是父親故鄉，從台北出發不用二十分鐘即可抵達的港都。日治時代，作為陸海的交通要衝而發展，一九八〇年代曾在全球貨櫃港排名高居第七名，相當繁榮。海鮮料理很有名，也保留了古風純樸的歷史街道，古蹟也不在少數。但是，近年被其他的新建港口迎頭趕上，逐漸失去活力，前往台北旅遊的觀光客也很少會把觸角延伸到基隆。

說起來，處境有點類似的中能登與基隆，實際上有非常密切的連結。

六月底，基隆舉辦了紀念建港一百三十週年的盛大慶祝活動，我與中能登的町長和議長一同受邀參加，享受基隆港的郵輪體驗、豪華的嘉年華遊行和絢爛的煙火大會。此行的第三天行程，我們拜訪基隆市的成功國中，一行人從巴士下車後，看到學生在校門口整齊列隊，用大大的笑容和掌聲迎接，還欣賞了音樂班學生的精湛演奏。原來，自一九九三年以來，中能登中學與成功國中的學生就會利用暑假互訪、交流。

而且，還收到一份驚喜的禮物。那就是去年曾經參加國際文化交流團的畢業生高旻琪，用她擅長的漫畫紀錄了日本短期的回憶，集結成畫冊《吱吱叫・成功國中日本遊》，裡面細膩刻畫著在中能登的各種體驗，人物表情相當豐富傳神，真是精彩的傑作。

學生的相互交流今年將邁入第二十三屆，有不少以前參加過國際交流的國中生也都長大成人，聽說有些人至今仍與當時的住宿家庭持續保持聯繫，並且帶著家人再訪中能登。像這樣，一點一滴扎實累積的國際交流成果，才能細水長流。

中能登與基隆的交流，我也參與其中。腦中突然閃過了一個念頭：「或許是父母在天之靈的牽引吧。」希望中能登與基隆今後可以用締結姐妹市等的形式，讓這份友好關係往下扎根。若是我有機會能盡一點棉薄之力，更是與有榮焉。對我而言，促進兩個故鄉的友好關係，也算是我對早逝雙親尚未盡完的「孝道」。

石川的父親，請一路好走

十月十七日傍晚，我在臉書上收到一則私訊，寄件人是石川縣華僑總會的成員之一。

「與您報告一件令人惋惜之事，瀨戶元先生於今早圓滿人生旅程了！」因為是寫中文，一時還會錯意，以為是住在金澤市的瀨戶先生去哪裡旅行了。重讀一遍，才意識到這是訃聞。

突如其來的消息，令人悲痛。事情發生得太突然，當下完全不敢相信瀨戶先生已經不在人世。他因為腦溢血陷入昏迷，送醫急救後，不到半天就宣告不治。他的臉圓圓的，身材微胖，笑起來時，外眼角下垂的眼睛幾乎瞇成一條線，表情溫和友善。他經常戴頂

鴨舌帽，底下是顆亮晶晶的光頭，和我過世的父親有幾分相似，感覺真的很投緣，於是我在心中把他當作是「石川的父親」。

我們是在二〇一四年認識的，我受邀出席石川縣台灣華僑總會主辦的活動，擔任來賓。瀨戸先生的太太——淑枝女士是台灣人，在演講結束後，淑枝小姐送給我親手做的蘿蔔糕和肉粽，作為伴手禮。

回到東京自宅後，我立刻到廚房煎了塊蘿蔔糕和蒸肉粽來吃，忍不住驚呼：「是媽媽的味道！」簡直和母親生前做的味道一模一樣。

一九四二年出生的瀨戸先生是在台南工作時，與任職於藥局的淑枝小姐相識相戀。一九九〇年兩人結婚後，搬到金澤生活。

金澤是在台南建造烏山頭水庫的水利技師八田與一的故鄉，與台灣的緣分很深。巧合的是淑枝小姐的老家就在水庫旁。

她就這樣嫁來在台南當地被視為神明般尊敬的八田與一故鄉。因為她的廚藝精湛，吃過的人都讚不絕口，於是開始賣蘿蔔糕和肉粽給周遭友人，一傳十十傳百，現在則是有來自日本各地的粉絲熱情訂購。我的味蕾也完全被收服，成為常客之一，經常拜託她寄蘿蔔糕和肉粽給我。

雖然瀨戶先生上年紀了，但是LINE或臉書等社群媒體的使用可是一點都難不倒他，一旦得知有我登場的活動等相關資訊，就很熱心透過網路替我宣傳，對他只有滿滿的感謝。

當我到石川演講時，兩人一定會帶著親手做的蘿蔔糕和肉粽給我。之前，因為參與電影《媽媽，晚餐吃什麼？》的演出到台南拍攝時，他們準備了貼有我大頭照的紹興酒，深夜還特地來探班。

當我參加九月底舉辦的能登自行車賽（Tour De Noto 400km）時，更一大清早就趕到起點會場的內灘，為我加油。用他一貫的笑容說道：「要加油喔，妳抵達終點時，我也來幫妳慶祝吧？」壓根兒沒想到會成為最後一面。

認真地回想，幾乎沒有和瀨戶先生好好聊過天。他總是手裡拿著蘿蔔糕和肉粽，人很客氣，笑瞇瞇地在一旁守護著、幫助我，還有為我加油打氣。我一味地接受瀨戶先生的好意，卻還來不及回報。一想到這裡，我難過地哭了，心中懊悔不已。

瀨戶先生的喪禮結束後不久，人在台灣的我收到了來自他女兒的臉書私訊：

「前幾天，我在父親書桌找東西時，發現了一個小盒子。打開來看，裡面只放了一張您在新年時寄來的賀年卡，上面是一隻雄赳赳的公雞剪紙圖案。」

我記得父親很喜歡一句詩：

「人生無別離，誰知恩愛重。」（出自蘇軾《潁州初別子由》）

意思是人生若沒有離別的話，就無法體會恩情和愛意有多深重。如今回想起這句詩，令人感觸特別深。

冰箱裡還剩下一些瀨戶先生給的蘿蔔糕，我已經不想吃了。我怕自己觸景傷情，看到蘿蔔糕就止不住淚水。

破曉的築地市場

有位年長的台灣親戚來訪，因為想到築地市場吃壽司，我自告奮勇當地陪同行，天剛亮沒多久，一行人就到場內市場報到。一大清早，就被擁擠的人潮嚇了一大跳，看起來有不少海外觀光客前來朝聖，有好幾間壽司店的門口都已經大排長龍。

總算找到了一間有空位的壽司店，點了招牌握壽司組合。鮪魚、小鰭魚、海膽……我一面向親戚解說海鮮食材的名稱時，鄰桌客人的對話也傳入耳裡。

「我在考慮專攻部分假牙（活動假牙的一種）的領域。」

「之後一定是矯正治療比較吃香啦！」

「我應該會選擇審美牙醫（注重口腔功能和顏面美觀的整合性治療）這條路吧。」

三位看起來像是還在大學念牙醫系的年輕男生如此交談。其中，戴著眼鏡的男生似乎鋒頭較健，在一旁喋喋不休說個不停。

原本沒有打算偷聽，但是他們的對話盡是一些讓人想翻白眼的內容。不知不覺地豎起耳朵認真聽，甚至忘了親戚的存在。

「我計畫要申請獎學金。」

「反正沒什麼利息，可以用來再買一台保時捷啊。」

「遊戲配備也想要升級。」

都是一些膚淺庸俗的話題。約莫二十年前左右，當我還在就讀牙醫系的學生時代往事，突然一股腦兒地浮現腦海，歷歷在目。

同學有一半以上都是所謂的「醫二代」，也就是父母親是擔任牙醫師的，不乏家境寬裕優渥的公子哥兒或公主。其中，最令人瞠目結舌的莫過於父親是地方某醫院院長的N君，他平時以紅色保時捷代步，興趣是打高爾夫球，腋下總是夾著名牌手拿包。長假固定飛到夏威夷的別墅度假，耶誕節在東京灣船上賞夜景，女友生日還特地租了直升機。

N君更是出了名的美食愛好者，在拉麵店吃魚翅拉麵，走入沒有標示價格的壽司店也完全不以為意。有一段時期，他熱中地方美食時，說要去吃毛蟹，就從學校直奔羽田機場，搭飛機到北海道一日遊。至今依然令人印象深刻。

當時，不管是哪一所學校的牙醫系，似乎都有這樣子的風雲人物。雖然大部分同學都是普通學生，但是不能否認的是像N君這樣極為少數的紈褲子弟，讓社會大眾誤以為牙醫師都是些「富家子」「不用念書也可以當牙醫」等，產生負面印象。

在欠缺牙醫師的時代，像這樣吊兒郎當的學生畢業後也不用擔心沒工作。可是現在的日本，牙科業界的環境已經發生巨變。因為牙醫師供過於求，工作待遇不如以前優渥，於是造成了工作貧窮化（working poor），這種現象時有所聞。尤其受到少子化影響，有報導指出牙醫科面臨招生人數嚴重不足的窘境。

這三位年輕人大概是玩到通宵，要回宿舍睡覺前，順道來築地市場吃壽司的吧。一面聽著他們的對話，我不禁要為他們的將來捏把冷汗。

畢業至今快二十年，我也曾是不經世事的學生，畢業後考上牙醫師執照，終於在幾年前自己開業，獨當一面。人類要生存下去就必須進食，進食就仰賴著牙齒的協助，而牙醫師就是牙齒的重要守護者。在迎接高齡化社會的日本，照顧老年人的牙齒也成為一項重要任務。最近，自己也強烈感受到身為牙醫師所背負的社會使命，可說是隨著時間自己也成長了一些吧。今後，在這個越來越要求牙醫師「質」的時代，更不用說要有高度的自覺性，才不會被淘汰。

N君後來在家鄉蓋了一間豪華的牙科醫院，自己擔任院長，也進而推行出診服務，無疑是所謂的「人生勝利組」。聽到眼鏡君豪氣地說：「這頓飯我請」，問兩位同伴要不要再點海膽來吃，出手闊綽的樣子又讓我再度聯想到N君。雖然現在感覺沒什麼擔當，未來說不定像N君那樣，成為優秀的牙醫師。

回過神來，我結完帳後，正準備要走出去時，又聽到背後傳來眼鏡君如此說道：

「萬一沒通過國家考試，就去補習，沒關係啦。比現在的學費便宜許多，可以在那裡準備個幾年，也不成問題啊。」

這樣，真的沒問題嗎？……我都開始替他不安了，穿過暖簾走出壽司店。

台日共創的「大同電鍋」

近來，大同電鍋正以猛烈氣勢進攻日本。大同電鍋是一種不只能煮白飯，還能燉煮或燒烤其他多種料理的萬能鍋，一九六〇年由總公司位於台灣的大同公司開始販售。大同電鍋在台極為普及，幾乎每家必備一鍋，對我而言，也是小時就在台灣老家看過的廚具，相當令人懷念。

這種在台灣極為普遍的日常廚具，許多日本人都表示「好可愛」、「好想要」、「好想用用看」。聽到大同電鍋在日本逐漸受到歡迎，許多台灣人似乎覺得頗不可思議，或許是因為對台灣人而言，大同電鍋已經太過貼近日常生活。

大同電鍋的知名度一舉攀升的契機，是二〇一八年年底出刊的日本生活資訊雜誌

《Mart》二月號，將大同電鍋置於封面照片，並選入該期雜誌「二〇一九年流行商品預測」前十名。

其實，大同電鍋在喜愛台灣的日本人間從以前就小有名氣，因為在台生活的日本人親眼見識到其普及程度後產生興趣，自己用過後也發現真的相當好用。

大同公司為了把握進攻日本市場的機會，將電鍋的電壓調整成符合日本規格，並於二〇一五年在日本開始經營官方專賣店；在最近的潮流中，還架設了大同電鍋專用的日語網站，網站上刊登了使用大同電鍋製作「爌肉」與「薑母鴨」的食譜，相當充實。

前陣子，我去參觀位於東京上野的國立科學博物館（科博館）。科博館正舉辦特展「改變日本的千種技術展」。或許是因為讀理組，我向來喜好製造業與技術等話題，平常只要有什麼有趣的展覽，我多會前往科博館參觀。

這次我的主要目的，是為了見證大同電鍋的「原點」。

二〇一八年正逢明治維新一百五十週年，且在二〇一九年五月，日本已由「平成」時代進入新元號「令和」時代。由於正處於這樣的歷史轉折點，特展橫跨明治、大正、昭和、平成共一百五十年歲月，概括介紹為日本人生活帶來變革的重要科學技術與發明。

大同電鍋的「原點」，就位於電器用品的展區，這個家電和其他家電比起來尺寸較小，幾乎一不小心就會看漏。白色鍋體上，刻印著英文字母「Toshiba」的商標，一旁的展示說明上寫著：「一九五五年開始販售『自動電鍋ER-4東京芝浦電氣製作』」。東京芝浦電氣就是今日的東芝。

我仔細閱讀說明，上面說這個電鍋是由「光伸社」這間公司的社長「三並義忠」，受到東京芝浦電氣委託，合力開發而成。展覽品當然不是台灣的大同電鍋，但外型卻像極了。

家庭電器用品首次在日本登場，是在明治時代。最先開發出來的是發熱類家電，如電暖爐、電熱器。其後，使用馬達運行的電風扇與幫浦也跟著出現。之後，電力才進入家庭。大正時代後，人們不斷講求生活的合理化，因而產生「改善生活」的社會風潮。「職業婦女」一詞誕生，大家希望能減輕女性做家事的負擔，吐司機、電熱捲棒、電熨斗等陸續登場。

接著，大正末年到昭和初年期間，電動吸塵器與電動洗衣機也陸續販售，大大降低女性用來做家事的時間比例。

日本人的主食是米飯，而煮飯這回事，本來是要靠廚師憑著經驗，考慮到氣溫與濕度的差異，一邊調整爐灶裡柴火的量，一邊看顧的麻煩事。因此，即使掃地、洗衣服的時間得以大幅縮短，煮飯的自動化仍沒那麼容易實現。就算能成功煮飯，要讓電源在煮好後能自動關閉，技術門檻更高，因此電飯鍋的開發比起其他電器略晚。

前面提到的三並義忠與家人一起不斷反覆實驗，花了三年時間，才終於在一九五五年完成了科博館裡展示的「自動電鍋 ER-4」。三並一九〇八年出生於愛媛縣新居濱市，年輕時來到東京，在芝浦工業大學完成學業，成為技術人員。他先是進入德國的機械商社 Andrews 工作，後於一九三四年創立光伸社，一度瀕臨破產，卻因為發明自動電鍋 ER-4 而獲得重生。日本政府頒發了科學技術獎以表揚其功績，NHK 也在高人氣節目「Project X」裡介紹他的人生。

自動電鍋 ER-4 使用方法相當簡單，首先將白米與水放入內鍋，然後在內外鍋間的夾層注水，按下開關後水會開始煮沸，使用其熱力煮熟內鍋裡的米後，水便會蒸發不見。開關使用會隨高溫變形的雙金屬片，因此能自動關閉，最後放一段時間讓鍋內蒸一下，柔軟美味的米飯就完成了。

電鍋採簡單的三重結構，不管環境溫度或濕度如何，只要放入一定的米量與水量，再按下開關，任誰都能自動煮出好吃的白米飯，這種電飯鍋的誕生，簡直是當時的庶民所夢寐以求。

將不可能變成可能的自動電鍋 ER-4 在當時雖然價格昂貴，仍在數年內普及約半數的日本家庭，其結果是爐灶的煤炭與煤煙不復存在，居住環境的品質也得到大幅改善。

東芝以外的各家家電製造商也紛紛追隨自動電鍋 ER-4 的腳步，有的在電鍋裝上計時器，有的則加了保溫功能，陸續發明各種更加方便的產品。至今各家製造商仍持續開發著運用壓力、ＩＨ、遠紅外線等獨家技術，讓電鍋持續進化，以煮出更加美味的米飯。走入家電量販店，看看電飯鍋的賣場便會發現，產品便宜的有數千日圓，昂貴的高級電飯鍋則超過十萬日圓，其種類之繁多，實在令人驚訝。

自動電鍋 ER-4 在日本不斷進化，已不再保存原始的型態；但在台灣，其仍以原始的樣貌受到消費者所喜愛。這就是大同電鍋。

在台灣的大同公司則是設立於一九一八年。該公司於一九四二年創立「大同工業專科學校（現在的大同大學）」，一九四九年開發了第一台台灣品牌的電風扇。其後受到東芝的技術支援，一九六〇年大同電鍋問世。以此為契機，大同公司就像日本的東芝一樣，開始製造冰箱、電視機，一躍成為台灣家電製造界的頂尖大企業。

一九七〇年代之後，受到台灣政府的請託，參與國家十大建設專案，建設桃園機場的變電所等等，可以說大同公司是隨著台灣這個國家一起發展起來的。現在的大同公司也進行太陽能板、液晶螢幕等商品的開發，事業漸趨多元。創業超過百年的大同公司，在二〇一八年的統計裡共售出五十萬個大同電鍋。大同電鍋也有陸續推出新型號，不論以前或是現在，大同電鍋都是大同公司「門面」般的存在。

我尚懵懵懂懂初知人事的幼年期開始，家中就已有了大同電鍋。我父親是台灣人，從出生後沒多久，就因為父親的工作而開始在台灣生活；母親是日本人，她常常站在廚房內，為家人做著一道道的料理。

廚房裡總是充滿美味的香氣與令人雀躍的聲響。食物攪拌器高速轉動的聲音轟轟作響；豪邁甩動炒鍋時，湯勺和鍋底碰撞發出鏗鏘金屬聲，菜刀在砧板上咚咚咚，極富節奏感地切出各種食材。只要母親出馬，不論是父親愛吃的日本料理，或是我愛吃的台灣料理，一道又一道地完成，陸續搬到餐桌上。

廚房裡擺著滿滿的廚具，其中最努力運作的，當屬大同電鍋了。

我家的大同電鍋鍋體是綠色的，由於蒸氣從鍋蓋的縫隙不斷漏出，銀色的鍋蓋便一直震動，發出哐哐噹噹的輕微聲響。從蒸氣的氣味，往往可以猜出裡面是什麼料理。

例如「瓜仔肉」，這道料理將絞肉和醃黃瓜混合，中間打上鹹蛋黃，再放進電鍋蒸熟，五香粉的香氣令人欲罷不能，在台灣是不分男女老幼都相當喜愛的下飯料理。其他還有熱騰騰的茶碗蒸、雞湯，或是發糕、肉包等，一樣樣從大同電鍋裡運到餐桌上。

只要按下按鈕就什麼都做得出來的大同電鍋，在當時的我看來簡直像是阿拉丁的魔法神燈。我十一歲那年，家裡決定移居日本，母親最先放進行李的，也是大同電鍋。

大學時代，我曾利用暑假到德國短期留學。寄住大學宿舍時，我發現只要看看房間裡有沒有大同電鍋，就能知道房間的主人是不是台灣人。我也問過來日本留學的台灣人「有沒有帶大同電鍋來？」，所有人都回答「當然有」。

為什麼台灣人會這麼喜歡大同電鍋？我認為這跟台灣的飲食文化有很大關係。

說起台灣料理，日本人總會聯想到「炒」，但其實以「蒸」、「燉」的方式來烹調的料理也意外地多。大同電鍋除了可以煮飯，也可以「蒸」可以「燉」，正因是這樣方便的複合廚具，才會廣為台灣人接受，進而普及吧。另一方面，日本料理裡需要長時間「蒸」、「燉」的料理其實並不多。也就是說只要有一個大同電鍋，不管身處何地，都能輕鬆又確實地重現台灣的家鄉味、媽媽味。

因應時代的變化，大同公司除了最開始的白色和綠色、紅色，也推出粉色、藍色、黑色、黃色等新的顏色，也和動漫角色合作推出限量型號，甚至還曾被拿來當作金馬獎的紀念品。

與日本不同的是，其功能與形狀從剛開始到現在都沒什麼太大的改變，反而是消費者的使用方法不斷進化，甚至有人想出用大同電鍋炒菜、烤披薩的方式，讓大同電鍋更加萬能。

我曾在東京住家附近的台灣手搖茶店，看到店面擺著粉色或金色的大同電鍋，色彩繽紛相當可愛。我把它視為室內擺設的一部分，但其實店家是拿來保溫珍珠用的。

我又再次驚訝於大同電鍋的便利。

在台灣幾乎是一家一個的大同電鍋，其實原本是六十多年前在日本問世，而後飄洋過海來到台灣的。而現在，又再次越過大海回到日本，作為台灣的產品逐漸普及，不禁令人感受到日本與台灣的不解之緣。今後若有用電鍋來製作日本料理的食譜出現，就更加有趣了。

造訪科博館後，我相當久違地用家裡的大同電鍋做了一頓晚餐。我一般都會在電鍋內疊好幾層使用，最下層是雞湯，中層是瓜仔肉，最上層則放鮮魚，然後輕輕按下開關。不久，蒸氣便會漫溢而出，帶著台灣的香味溢滿家中。果然，大同電鍋真是方便。

日本迎來「珍珠」熱

近年日本人口逐漸減少，已經很少看到像從前那種排隊景象。最近，許多地方卻出現大排長龍的狀況，特別是傍晚，學生及年輕族群最常出沒的時段，這些排隊隊伍往往溢出到馬路上，引來警衛協助管理交通。一到週末假日，隊伍更是長得不得了。

位於這冗長隊伍前方的，正是現在紅得火熱的「珍珠飲料店」。

從店內走出來的人，幾乎人手一杯裝著液體的透明塑膠杯，含著比一般吸管粗上兩倍的吸管，將黑色圓形的顆粒一顆顆吸入口中，細細咀嚼。也有許多人拿出手機，手持著飲料杯在店前擺姿勢拍照，大家看起來都頗興高采烈，神情之中甚至有種自豪感。

在日本颳起旋風的珍珠飲料熱潮，不只是許多雜誌和網站有所介紹，就連知名電視節目「松子不知道的世界」也製作了一個特輯，題為「珍珠飲料的世界」進行報導，其風風火火的程度，可見一斑。

在東京，年輕人聚集的新宿、澀谷等自是不在話下，就連育兒家庭逐漸增加的新小岩、町田一帶，店面也是一間接著一間開。我家附近就是自由之丘，這是一個有著許多咖啡廳和雜貨店，以時髦新潮著稱的區域。相較於新宿和澀谷，自由之丘的規模自是小上不少，但珍珠飲品的熱潮也是席捲而至。在大樓狹縫間開起的店，總讓人不禁驚嘆「竟然這種地方也有！」；另一方面，在車站附近交通便利的絕佳地點，也開起了富麗堂皇的連鎖店。珍珠飲料店，真個百花撩亂。

我在自由之丘一條小巷裡，偶然發現移動販賣的餐車，首先吸引我注意的，是餐車黑板上寫的店名「MR TAPIOCA」與「台灣」的字樣。靠近一看，上面還寫著「台灣式珍珠茶，味道非常牛逼」。「牛逼」是網路用語，意思大概相當於「超強」、「超厲害」。

「請問您是店長嗎？」

懂「牛逼」這個詞的日本人，肯定是相當程度的中文通。如此心想的我，雖然本來並沒有打算要買飲料，仍向站在餐車旁的年輕男性打了聲招呼。

「我不是喔，餐車裡的人才是店長，是台灣人。」

我往餐車裡一瞧，的確有個男性站在裡面，正從大型容器中舀出珍珠。長得還頗帥。店長一邊靦腆地笑著，一邊自我介紹。他名叫謝文森，即將滿三十歲，是出身苗栗的客家人。那位站在餐車旁邊的日本人是他朋友，負責接待，這間店面就由他們兩人合力營運。

謝文森在台灣是藥學系畢業，曾在醫院擔任過藥劑師，但因為太喜歡日本，就跑來留學，學習日語。語言學校畢業後，他覺得就這樣回台有些可惜，希望能再待久一點。他的日語仍不夠流暢，難以在一般公司就業，於是便心想著要做些什麼跟台灣有關的事創業，最後想到的便是「珍珠飲料」這個點子。

其實謝文森早在兩年多前就想要開珍珠飲料的店，當時日本還沒有像現在這樣的珍珠飲料熱。謝文森雖然希望能早點開店，但畢竟是門外漢，且秉性認真，因此便先回到台灣拜師學藝，學習茶葉與珍珠的相關知識。

當他得知連台灣的許多飲料連鎖店為了降低成本，使用的都是便宜的東南亞產的茶葉與珍珠時，不禁大吃一驚。也正因如此，謝文森決定自己開的飲料店，全部都要使用台灣生產的原料。

「茶葉都是台灣生產的，珍珠也是從台灣進口的冷藏食品。」

或許是謝文森身為藥劑師的使命感所致，他認為畢竟是要吃下肚的，當然要盡量選擇安全、對身體好的東西。

言談之間，客人陸續上門，接連點了幾杯飲料。謝文森慌忙回到餐車後，俐落地開始做起了飲料。

他把漏斗放到貼有店名標籤的塑膠杯口上，將事先準備好的珍珠注入杯中，接著按照客人所點的飲料，分別在杯中加入牛奶、台灣烏龍茶、台灣綠茶或台灣紅茶，就大功告成了。他製作飲料時神情非常專注認真，簡直就像是藥劑師在調製藥品似，使人看了都不好意思搭話。

由於所有的調理作業都由他一個人一手包辦，因此一天的生產量也就有限。謝文森說，無法量產是他的煩惱之一，但他仍堅持要手工製作。

店裡的招牌飲品是現在流行中的黑糖珍珠奶茶，我點了一杯，嘗了嘗鮮。一喝下口，不禁發出讚嘆聲。芳醇的黑糖香在口中迅速擴散開來，吸管吸上來的珍珠一嘗就知道是用優良材料製成的，非常飽滿Ｑ彈，整體而言風味極為濃郁。

老實說，這對我而言有些過甜了，但對於正常成長階段的年輕人而言，就是要這樣的甜度才足夠吧。對於擔心體重計上的數字的我，或許珍珠台灣綠茶才是比較好的選擇。綠茶本應該是澄澈的茶色，實際拿到手的塑膠杯裡的液體卻呈現白濁色調。這是因為茶與冰塊經過充分手搖後，產生許多小氣泡的關係，這種狀態就是所謂的「泡沫綠茶」。

喝到口中，茶葉甘醇的風味與甜味混合得恰到好處，口感清爽，令人忍不住一口接一口喝下肚。以我個人而言，在接下來炎熱的季節裡，我會推薦大家去買這種不含牛奶的珍珠飲品，這才是能夠充分品嘗茶葉本身風味的飲料。

「所有的飲料都是按黃金比例製作的。」

許多珍珠飲料店在點冷飲時都會加冰塊，但「MR TAPIOCA」的珍珠飲料是不加冰塊的。甜度也不能調整，就只有一種。冰塊甜度無法客製化不免使人有些遺憾，不過其實這也是謝文森講究的點。他表示，他喝過許多珍珠飲品，交叉比較之下，開發出他認為最能充分展現茶葉和奶茶滋味的濃度與甜度，店裡的飲料都是按照這個比例製作。

「我父母強烈反對我開店，也沒有給我金錢支援，所以我暫時可能還沒辦法有固定店面。不過我還是希望有天能把這店做大。」

我自己本身既是牙醫師，同時也是演員兼作家。有一段時間，周遭無法理解我的選擇，頻繁質問我「為什麼不當醫生？」，並感嘆「真可惜」，使我頗為痛苦，我相信謝文森肯定也和當時的我有著一樣的心情。工作這回事，有沒有興趣、從工作中能否感覺得到價值，才是最重要的。而且說不定現在這份工作，其實也頗合就讀理組的謝文森個性。看著專注工作的他，我不禁想起過往的自己。

「MR TAPIOCA」今年二月才剛開張，而截至二〇一九年六月底為止，附近共有高達十一家同類型店家，競爭激烈，其中還有六家跟「MR TAPIOCA」一樣，都是今年才在自由之丘開張的新店。也就是說，幾乎是每個月就有一家新店開張。自由之丘正是珍珠飲料店的激烈戰區。

謝文森一方面驚訝於珍珠飲料風潮的到來，一方面實際感受到台灣的飲食文化確實在日本逐漸擴散中，因而頗為開心。

自由之丘的珍珠飲料店中，有在日本店鋪數量最多、總是大排長龍的知名店「貢茶」，也有以 Instagram 美照著稱的「THE ALLEY 鹿角巷」、「茶咖匠」等等，都是許多人熱烈討論的店家。另外像「茶工廠」這種店家，就只有自由之丘才有，足見店家種類豐富。不管哪家店都大排長龍，而我因為不喜歡排隊，總是挑隊伍最短的店來買。

謝文森說「MR TAPIOCA」目前一天最多只賣到七十杯，令人有點擔心他會不會入不敷出。但即使如此，住在附近育有小孩的父母親，為了正值成長期的小孩著想，常常特地跑來買不含咖啡因的「珍珠牛奶」，因此其知名度也在逐漸提升當中。

「我希望有一天能在路邊開一家正式店面，打造象徵台灣的珍珠飲料店。」謝文森與「MR TAPIOCA」的挑戰，才正要開始。

在日本，珍珠飲品屢次成為話題焦點，電視節目提到這陣珍珠流行潮時，往往採取友善的觀點，但有時也會看到一些報導，強調一杯飲料熱量相當於一頓飯，或是垃圾隨意丟棄的問題等等。由此可見，對日本人來講，與珍珠飲品的相遇，可謂「與未知事物的邂逅」，充滿驚奇。

說起珍珠飲品的始祖，當然是台灣發明的「珍珠奶茶」。珍珠或粉圓在珍珠奶茶發明之前，就已是台灣的小吃之一，直到「珍珠」結合了「奶茶」，才爆發性地大賣。最先發明珍珠奶茶的是誰？有人說是台中的飲料店「春水堂」，也有人說是台南的「翰林茶館」，不論何者正確，可以確定的是其起源於一九八〇年代中期，相對晚近。

我於一九七〇年代至八〇年代初期曾在台灣生活，從來沒看過珍珠飲品。然而在今日台灣，一條路上常可看到好多家飲料店賣珍珠飲品，不管何時何地，任誰都能輕鬆點來喝，可謂國民飲料。

店鋪這麼多，卻沒因為競爭而同歸於盡，反而能共存共榮，說到底大概還是因為台灣人在商品開發方面，思考較為柔軟而大膽吧。飲料店裡當然會賣常見的知名茶飲種類，但除此之外，珍珠飲品的選擇多采多姿，令人驚訝，由此可見，店鋪間彼此競爭的，是看誰的菜單比較有特色、有個性。

光是茶的種類，有些店家就有紅茶、鐵觀音、龍井茶、普洱茶、烏龍茶等多種可供選擇；另外也有許多珍珠飲品是以檸檬、鳳梨、柳橙、草莓等果汁為底，而非茶葉。配料也很豐富，除了最富人氣的珍珠，還有椰果、蘆薈、蒟蒻凍、仙草、紅豆、綠豆等可供選擇。有些季節可能還會出現芒果、芋頭等選項。

我每次造訪台灣，總喜歡挑戰未知的口味，最近常點的是「檸檬多多綠加珍珠和布丁／微糖／去冰」。「綠茶」、「檸檬」、「養樂多」這三種口味搭配就日本人的直覺而言，實在不會覺得美味，實際喝下肚才發現，搭配了檸檬與養樂多的酸味，綠茶喝起來更為清爽，而吸管吸起的Q彈珍珠與柔嫩的布丁，口感實在使人上癮。

這種複雜的點餐方式，換作是日本人恐怕要在菜單前面想上個老半天，但台灣人早已訓練有素，能夠迅速依自己的喜好點單，而店家也能敏捷應對、迅速製作，實在厲害。

其實珍珠一族早在一九九〇年代就已登陸日本，只是當時是白色而顆粒較小的「西米」，加入椰奶裡用湯匙舀著吃的甜點，也就是「西米露」。其後伴隨在日本颳起的台灣旅行潮，以及 Instagram 等社群網站的宣傳效果，才造就今日的珍珠熱潮，一舉開花結果。

究竟珍珠的賣點，那種 Q 彈口感是從哪裡來的？珍珠的原料是「樹薯」，原產自中南美洲，而後在十六世紀傳至非洲，進而推廣至世界各地。栽培於熱帶地區的樹薯，使用其根莖部分製造的澱粉，便是珍珠的原料。

現在樹薯生產量有一半產自非洲，餘下各四分之一分別產自東南亞與中南美洲。非洲的一種傳統主食「富富」（fufu、foofoo、foufou、foutou）便是以樹薯粉揉成餅狀製成，而我最喜歡的巴西起司麵包球「Pão de queijo」也是以樹薯粉作為材料。

剛製造出來未經加工的珍珠，幾乎是無味無臭的半透明狀，其後才以黑糖或水果糖漿添加甜味，或是使用粉色、藍色等食用色素著色。珍珠飲品可作為填飽肚子的點心食用，其獨特 Q 彈口感使許多人為之感動，超高人氣從台灣傳至香港、中國，甚至跨海傳至美國，現在終於來到日本。

「珍珠商機」成長的背後，其實也發生了一些令人憂心的事態。據稱有許多珍珠在樹薯裡摻入了化製澱粉，而過去有些台灣業者也被告發在珍珠裡摻入了工業用添加物。中國也發生過照胃部 X 光發現胃裡有許多白色顆粒，調查之下才發現是用橡膠和輪胎製造的假珍珠。這些案例都只是部分不肖業者的所作所為，我衷心期望日後不要再發生這種會讓珍珠形象低落的醜聞。

日本現在產生了很多與珍珠（タピオカ）有關的流行詞彙，像タピリスト（珍珠專家）、タピラー（珍珠人）、タピ活（珍珠活動）、タピオカ女子（珍珠女子）等等。其中「タピる」這個新創動詞意為「喝珍珠飲品」，獲「女國中、高中生流行詞彙大賞二〇一八」詞彙組第一名。

珍珠飲品的流行，或許和對台灣的良好印象有所關連。二〇一一年東日本大震災以後，日本便對提供巨額捐款的台灣產生極大興趣，台灣熱潮至今不衰，想必許多人都忘不了在台灣旅行時喝過的珍珠飲品的美味。然而，受「台灣回憶」支撐的珍珠飲品熱潮，遲早會衰退。為了不要讓其成為一時性的熱潮，開發適合日本的商品就越顯重要。

在日式甜點裡，也有使用以葛、蕨、豬牙花的根製造的澱粉為原料的和菓子。另外像以糯米為原料的求肥、白玉、壽甘等日式甜點，也都具有Q彈口感。把這類日式甜點的素材，當作珍珠飲品的配料，不知道效果如何？又或者我也期待在茶飲部分，可以引進抹茶、煎茶這類日本茶，像「抹茶拿鐵」那樣，創造出和風的珍珠飲品。

珍珠飲品雖誕生於台灣，但現在在日本全國各地迅速擴展的珍珠飲品店，有一半以上都不是台灣資本。其中有在台灣創業的品牌，卻被韓國企業買下，而後拓展到世界各地的連鎖店。至於中國資本、日本資本的店也所在多有。

二〇〇〇年代初期，台灣大型連鎖店曾嘗試要登陸日本，可惜卻失敗撤退。在台灣這塊珍珠飲品的發源地上，還存在著許多美味的珍珠飲品店家尚未被日本發掘。我衷心期待台灣的店家能發憤圖強，乘著這波熱潮登陸日本，讓珍珠飲品和小籠包、鳳梨酥一樣，作為代表台灣的飲食文化，在日本扎根。

作品出處

第一章 台灣現在

	原題	原載
1	「妙」な名前をありがとう	二〇一六年四月・《北國新聞》
2	第二個爸爸	二〇一五年八月・《朝日新聞中文網》
3	若者の力で見事に復活	二〇一八年一月・《北國新聞》
4	心を感じて食べるもの ── ミシュランと台湾料理 ──	二〇一八年四月・《北國新聞》
5	美味なり！台湾のお弁当	二〇一六年十二月・《北國新聞》
6	時の人になった私	二〇一四年二月・《GC》
7	旧暦「端午節」の しみ	二〇一七年六月・《北國新聞》
8	汚い台本	二〇一三年十月・《PHP》
9	会えない相手との「対話」	二〇一二年九月・《PHP》
10	産後の女性を大切にする台湾の「坐月子」	二〇一七年十二月・《北國新聞》
11	日本にも欲しい「台風休暇」	二〇一八年七月・《北國新聞》
12	墓参りと清明節	二〇一八年八月・《北國新聞》
13	對日本人而言，何謂「臺灣的魅力」？	二〇一七年七月・《ニッポンドットコム》
14	温かい目と不満が交錯 ── 台湾の LGBT 問題を考える	二〇一八年十二月・《北國新聞》
15	人に伝える豊かさ～朗読、その素敵な表現	二〇一九年一月・《北國新聞》
16	母が残した「尊厳死」への思い	二〇一九年五月・《北國新聞》

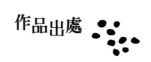

第二章 我的記憶

	原題	原載
1	「台湾人の父と日本人の母が残してくれたもの ── 映画『ママ、ごはんまだ？』の公開に寄せて」	二〇一七年一月・《民医連共済だより》
2	父と私が学んだ学習院	二〇一八年二月・《学習院医歯薬桜友会会報誌》
3	梅の記憶	二〇一二年五月・《東京人》
4	捨てられない母の大島紬	二〇一七年十月・《北國新聞》
5	台湾と「甘さ」でつながる	二〇一六年五月・《北國新聞》
6	年末に届いた大根餅	二〇一五年一月・《朝日新聞中文網》
7	母の旗袍まとい石川へ	二〇一七年二月・《北國新聞》
8	わたしの子ども時代「忘れられない小学校時代」	二〇一七年一月・愛知縣教育振興會《子とともに　ゆう&ゆう》
9	砂消しの思い出	二〇一八年五月・《北國新聞》
10	最後の読書 「唐詩三百選」	二〇一八年十月・《週刊朝日》
11	「味覺」串起的臺日家族物語	二〇一七年一月・《ニッポンドットコム》
12	我寫，我演 ── 一青妙作品終於搬到台灣舞台劇	二〇一七年二月・《ニッポンドットコム》

第三章 我的顏家

	原題	原載
1	台湾映画と顔家	二〇一四年一月・《新編 台湾映画～社会の変貌を告げる（台湾ニューシネマからの）30年》
2	父の故郷、雨の基隆の変ぼう	二〇一八年一月・台湾観光協会
3	九份，改變的時刻到了	二〇一八年五月・《ニッポンドットコム》
4	新しい九份と顔家の第二章	二〇一五年五月・《朝日新聞中文網》
5	台湾の２・２８事件７０周年に想像する父の心中	二〇一七年三月・《北國新聞》
6	顔家と二・二八事件～祖父と父の真実を求めて～	二〇一七年四月・《現代ビジネスオンライン》
7	虫の知らせ	二〇一六年・未刊稿
8	再見，三姑姑	二〇一六年四月・《朝日新聞中文網》
9	料理でつながる石川と台湾	二〇一七年一月・《北國新聞》

第四章 訪問台灣

	原題	原載
1	心に「台湾」を貯め込む	二〇一六年十一月・《北國新聞》
2	最も台湾的な食文化「辦桌」	二〇一四年十一月・映画「祝宴シェフ」のパンフレットエッセイ
3	一起去泡台灣溫泉吧！	二〇一五年六月・《朝日新聞中文網》

4	台湾・東海岸聖地巡礼の旅	二〇一六年九月・《新潮社・波》
5	南台灣	二〇一七年十一月・《るるぶ》
6	魅力溢れる「澎湖」	二〇一七年十二月・台湾観光協会
7	來趟深度的台南之旅吧！	二〇一五年五月・《遠見雜誌》
8	お釈迦様の頭は台湾の美味	二〇一七年五月・《北國新聞》
9	台南地震的現場觀察記	二〇一五年二月・《朝日新聞中文網》
10	我的台南・第二章 — 探索嶄新「府城」的魅力	二〇一九年四月・《ニッポンドットコム》
11	觀光城市・台南的「今後」令人憂心	二〇一八年八月・《ニッポンドットコム》

第五章 歡迎台灣

	原題	原載
1	京都的「臺南味」 — 連接日本和臺灣兩座古都的家鄉味	二〇一七年十二月・《ニッポンドットコム》
2	長存於臺灣少年工心中的日本	二〇一三年七月・《ニッポンドットコム》
3	中能登と基隆 — 二つの故郷を繋ぐ「親孝行」	二二〇一六年八月・《北國新聞》
4	さようなら、石川のお父さん	二〇一七年十一月・《北國新聞》
5	夜明けの築地市場	二〇一五年五月・《デンタルダイアモンド》
6	東芝發明的「大同電鍋」，在台灣重生後打進日本市場	二〇一九年六月・《ニッポンドットコム》
7	日本迎來珍珠飲料熱	二〇一九年七月・《ニッポンドットコム》

國家圖書館出版品預行編目 (CIP) 資料

妙台灣：溫柔聯繫台日的觀察者 / 一青妙著；張雅婷譯 . --
初版 . -- 台北市：前衛, 2019.10
面； 15x21 公分

ISBN 978-957-801-888-4(平裝)

1. 言論集

078 108016744

Tae no Taiwan: Futatsu no furusato wo Kansatsusuru
Copyright © Tae Hitoto 2019
All rights reserved.
Complex Chinese translation rights reserved by Avanguard Publishing House under the license from Hitoto Tae through Power of Content Ltd.

妙台灣 — 溫柔聯繫台日的觀察者

作　　者　一青妙
譯　　者　張雅婷

責任編輯　楊佩穎
封面設計　謝佳穎
內頁排版　王藝君
出 版 者　前衛出版社
10468 台北市中山區農安街 153 號 4 樓之 3
電話：02-25865708 ｜傳真：02-25863758
郵撥帳號：05625551
購書 · 業務信箱：a4791@ms15.hinet.net
投稿 · 代理信箱：avanguardbook@gmail.com
官方網站：http://www.avanguard.com.tw
出版總監　林文欽
法律顧問　南國春秋法律事務所
總 經 銷　紅螞蟻圖書有限公司
11494 台北市內湖區舊宗路二段 121 巷 19 號
電話：02-27953656 ｜傳真：02-27954100
出版日期　2019 年 10 月初版一刷
定　　價　新台幣 350 元

＊請上『前衛出版社』臉書專頁按讚，獲得更多書籍、活動資訊
https://www.facebook.com/AVANGUARDTaiwan